PHILLIPPA PENN

Das **Licht,** in dem wir **glänzen**

Über die Autorin

Phillippa Penn lebt mit ihrem Mann in einem Blockhaus, umgeben von einem bunt blühenden Garten. Wenn sie nicht gerade einen ausgedehnten Spaziergang macht, kann man sie mit einer dampfenden Tasse Kaffee am Schreibtisch erwischen. Zwei Jugendromane und zwei Romanzen für Erwachsene hat sie dort schon verfasst. Mit "Das Licht, in dem wir glänzen" legt sie ihr viertes Buch vor.

Erfahre hier mehr über Phillippa:
instagram.com/phillippapenn
phillippapenn.de

Phillippa Penn

Das Licht, in dem wir glänzen

Bibliographische Information der Deutschen Nationalbibliothek:
Die Deutsche Nationalbibliothek verzeichnet diese Publikation in der
Deutschen Nationalbibliografie; detaillierte bibliografische Daten sind im
Internet über dnb.dnb.de abrufbar.

1. Auflage
Deutsche Erstausgabe Mai 2023
© Phillippa Penn
Alle Rechte vorbehalten.

Lektorat und Korrektorat:
Marcel Weyers, marcel-weyers.de
Covergestaltung:
Buchgewand Coverdesign, buch-gewand.de
Unter Verwendung von Motiven von:
Stock.adobe.com: letoosen
depositphotos.com: Quagmire, slovoslave, turchenko3560.gmail.com

Herstellung und Verlag:
BoD – Books on Demand, Norderstedt

ISBN: 9783756811410

Für alle,
die ihr Licht zu oft
unter den Scheffel stellen.

Für alle,
in denen
Träume leuchten.

Über dieses Buch

Vielen Dank, dass du *Das Licht, in dem wir glänzen* liest!
Dieser romantische Kurzroman soll ein Wohlfühlbuch für eine breite
Leserschaft sein. Gleichzeitig ist mir als Autorin bewusst, dass sich nicht
alle Menschen mit denselben Inhalten wohlfühlen.

Um dein Leseerlebnis so angenehm wie möglich zu gestalten,
folgt hier deswegen der Hinweis auf potenziell belastende Themen:

- Konsum von alkoholischen Getränken
- Anzüglichkeiten
- Trennung/Verlassenwerden
- Selbstzweifel
- Untreue
- Scheidung (der Eltern)

Diese Liste wurde nach bestem Wissen und Gewissen erstellt;
sie erhebt jedoch keinen Anspruch auf Vollständigkeit.

Ich wünsche dir angenehme Lesestunden!
Deine Phillippa

1 – Feenstaub

Wenn ich eine Sache mit Sicherheit weiß, dann, dass Glitzer sehr viel perfider ist, als sein Ruf vermuten lässt. Den winzigen, schimmernden Krümeln ist nichts heilig. Nicht der Küchentisch, nicht der Fußboden, nicht meine Klamotten, meine Brille, mein Haar oder das Fell der ohnehin schon übel gelaunten Hundedame, die mir gegenübersitzt.

Doris ist eine äußerst explosive Promenadenmischung aus Terrier und Chihuahua. Sie hat einen bitterbösen Blick, der so gar nicht zu ihrem niedlichen Äußeren passt. Jetzt gerade starrt sie mich damit nieder, während ich mit wackeligen Händen versuche, *Feenstaub* in kleine Gläschen zu füllen.

„Wenn du mich so anguckst, machst du es auch nicht besser!", zische ich der Hündin auf der Eckbank zu.

Sie antwortet mit einem Knurren, das wohl so viel heißen könnte wie: Warum machst du diesen Quatsch überhaupt?

Ja, warum mache ich diesen Quatsch überhaupt?

Ich möchte vorausschicken, dass ich die absolut nobelsten Beweggründe habe.

Morgen lese auf der Kinderstation des St. Lioba Krankenhauses aus *Peter Pan* vor. Um die Geschichte für die Kids ein bisschen interaktiver zu gestalten, habe ich den Entschluss gefasst, eine kleine Überraschung vorzubereiten. Feenstaub, wie von Tinkerbell, um die Fantasie der Kinder zu beflügeln.

Doch weil mir für das Basteln (wie für so viel anderes) eindeutig das Talent fehlt, habe ich schon mehr goldenen Glimmer in unserer WG-Küche verteilt als bisher in den kleinen Korkengläsern gelandet ist. Fünfundzwanzig schmale Phiolen möchte ich bis morgen Früh befüllt haben, damit alle kleinen Patientinnen und Patienten eine bekommen. Jetzt gerade bin ich mit Glas Nummer 9 beschäftigt – und das, obwohl ich vor mehr als drei Stunden damit angefangen habe. Es ist schon beinahe Mitternacht. Meine Effektivität bei diesem Unterfangen ist also eher mittelprächtig.

„Yes!", rufe ich triumphierend aus, als das transparente Gefäß in meiner Hand endlich voll ist.

Leider puste ich dabei prompt einen Schwall Goldstaub in Doris' Richtung. Sie schüttelt missmutig ihre Schnauze; ich lächle entschuldigend.

Die Hündin und ich sind wirklich nicht das beste Duo. Ich bin mir ziemlich sicher, dass sie mich hasst.

Aber mein großer Bruder Jonathan liebt diesen Vierbeiner und weil ich meinen Bruder liebe, passe ich auf das alte Fräulein auf, während er mit seinem Mann Backpacking in Skandinavien macht.

Ich habe es noch im Ohr, wie er mich angebettelt hat: „Bitte, Hanni! Doris ist nicht mehr die Jüngste. Die kann nicht den ganzen Tag am Straßenrand neben uns hergehen.

Und du weißt doch, wie aggressiv sie gegenüber Fremden wird! Bitte, nur drei Wochen!"

Nur drei Wochen.

Zehn Tage davon sind bereits um und Doris ist noch immer nicht mit mir warm geworden. Im Gegenteil. Weil sie mich jede Nacht im Schlaf gezwickt hat, musste ich ihr Hundebett von meinem Zimmer in die Küche verlegen. Und das Gassigehen übernimmt mittlerweile auch meine Mitbewohnerin Gina, die das Ganze für ein „super Work-out" hält und schwört, dass Doris bei ihr „total zahm" ist. Mir kommt das Tier ja eher wie der Teufel in einem sehr kleinen Pelz vor, aber was soll's.

Mein Handy klingelt und ich rechne halb damit, dass es Jona ist, der anruft um sich vor dem Schlafengehen „nach seiner Kleinen" (womit er wohlgemerkt die Hündin und nicht mich meint) zu erkundigen. Aber es ist nicht mein Bruder, sondern Gina, die mich anruft.

„Hey! Alles klar?" Ich stelle das Telefon auf Lautsprecher-Modus, damit ich während unseres Gesprächs weiter basteln kann.

„Heeeeeeeeey", kommt ein lang gezogener Gruß zurück, begleitet von viel Gekichere. Gina ist ausgegangen, um einen alten Klassenkameraden auf einen Drink zu treffen. So wie sie klingt, ist es vielleicht nicht nur bei einem geblieben. „Ich bin jetzt aufm Heimweg, Schätzchen!"

Ich nicke. „Okay, alles klar, dann erzähl mir was."

Wenn eine von uns noch spät abends draußen unterwegs ist, rufen Gina und ich einander an. Buchingen ist keine Metropole, trotzdem hat unsere Stadt nachts ein paar düstere und zwielichtige Ecken. Es ist besser, eine Begleitung zu haben – wenn auch nur im Geiste. Jemanden, der weiß, wo man gerade herumläuft und wann man in etwa zu Hause ankommen sollte.

„Alles gut, Liebes, ich binnich allein", säuselt sie. „Das is der andre Grund, warum ich anruf. Ich bring Übernaschtungsgäste mit ..."

Übernachtungs*gäste*? Plural? Ich runzele die Stirn.

Es ist nicht außergewöhnlich, dass Gina mal spontanen Besuch oder einen One-Night-Stand mit in die WG bringt. Aber normalerweise handelt es sich dabei um eine einzelne Person.

„Gäste?", hake ich nach. „Wie meinst du das?"

„Na ja, also ..." Sie kichert und klingt plötzlich weit weg. Hat sie sich vom Mikrofon entfernt, um mit jemand anderem zu sprechen? Die Geräusche, die ich noch ausmachen kann, hören sich wie entspanntes Geplauder an.

Warum ruft sie mich an, wenn sie schon in ein anderes Gespräch vertieft ist?

„Hallo? Gina? Was wolltest du mir sagen?" Ich beuge mich näher an mein Smartphone, das in einem Haufen Glitzer liegt. „Hey, Gina! Hörst du mich noch?"

Keine Reaktion. Ich höre immer noch eine Art unverständliches Murmeln am anderen Ende der Leitung.

„GINA!", brülle ich das Gerät an.

Doris bellt.

„Sorry", nuschele ich in Richtung der Hündin. Dann – endlich – kehrt meine Mitbewohnerin an den Hörer zurück.

„Also gehdas klar?", fragt sie.

„Was geht klar?" Ich bin verwirrt.

Habe ich irgendwas nicht mitgekriegt?

„Na, dass Sam auch kommt!" Gina lacht.

Sam?

„Wer ist Sam?" Bei dem Namen klingelt bei mir gar nichts.

„Na, Sam! *Der* Sam! Mein alter Freund aus der Schule!" Gina sagt es so, als müsste ich alles über diesen Typen wissen.

„Sollte ich den kennen?" Das Telefonat nervt mich zunehmend. Ich versuche, mich wieder auf meine Bastelei zu konzentrieren und nicht noch mehr Glitzer zu verschütten.

„Klar kennst du den!" Gina gluckst.

Ich seufze. „Ach, ja?"

„Ja!" Gina schnaubt, als wäre ich schwer von Begriff. „Er war letztes Jahr bei meiner Geburtstagsparty ..."

„Die ich verpasst habe, weil ich bei meinen Eltern war!" Ich verdrehe die Augen, was meine Mitbewohnerin selbstverständlich nicht sehen kann.

„Oh. Ach so." Ihre Worte klingen wie ein Schulterzucken. „Na ja, du wirst ihn mögen. Danke!"

„Danke?", frage ich. „Danke für was?"

Aber da hat sie auch schon aufgelegt.

2 – Gäste und Betten

Ich befülle gerade das zwölfte Gläschen, als mich das Quietschen der Wohnungstür aus meiner gekrümmten Haltung über dem Küchentisch hochschrecken lässt.

„Ha ha ha, schhhhhh!", dringt Ginas Stimme aus dem Gang. Sie ist offensichtlich bemüht, leise zu sprechen, doch ihr beschwipstes Getuschel ist mehr als deutlich zu hören. Mit klackernden Absätzen tappst sie über die Holzdielen im Flur, während sie diejenigen, die ihr mit deutlich schwereren Schritten folgen, anweist: „Macht die Tür leise zu, okay?"

Daraufhin fällt die Eingangstür mit lautem Krachen ins Schloss.

„Ey!", schimpft Gina. „Ihr weckt noch die Nachbarn!"

„Sorry", entschuldigt sich eine raue Männerstimme.

„Die Nachbarn?", fragt eine zweite, tiefe Stimme amüsiert. „Die werden heute Nacht noch was zu hören kriegen, das verspreche ich dir, Babe!"

Gina kichert. „Du bist unmöglich, Paul!"

Schlüssel werden fallen gelassen, Schuhe zur Seite getreten und Garderobenhaken knapp verfehlt – den Geräuschen nach zu urteilen.

„Wo ist dein Zimmer, Babe?", will der, den Gina gerade Paul genannt hat, wissen.

„Gleich da vorne", antwortet sie. „Und, Sam, du kannst auf Hannis Ausziehbett schlafen. Ich habe schon mit ihr gesprochen."

Ich glaube, mich verhört zu haben. Wer wird auf meinem Ausziehbett schlafen?

Die Küchentür wird hinter mir geöffnet. Ich wirbele herum.

Ein Typ mit strubbeligem, blondiertem Haar, Bikerjacke und passender schwarzer Lederhose stolpert in den Raum. Dicht gefolgt von meiner Mitbewohnerin und einem zweiten Kerl, von dem ich gerade nur einen dunklen Haarschopf ausmachen kann.

„Hey, hey, hey!" Der Blonde grinst, als er mich am Esstisch entdeckt. „Du …" Sein Blick wandert an meinen nackten Beinen hinauf und mustert dann das ausgeleierte T-Shirt, das ich anstelle eines Nachthemds trage. „Du musst Hanni sein!" Er hebt eine gepiercte Augenbraue.

„Boah, ey, Paul, reiß dich zusammen", zischt Gina hinter ihm und drängt sich an dem Blonden vorbei. „Hey, Hanni, sorry, ich wusste nicht, dass du …" Ihr Blick wandert über das Chaos aus Gläsern und Glitzerpulver. „Was machst du da?"

„Basteln. Für morgen", gebe ich knapp als Antwort und versuche unauffällig, alles, was zerbrechlich ist, aus der Reichweite des leicht schwankenden Pauls zu entfernen.

„Okay …" Gina fährt sich durch ihre zerzauste, rote Mähne. „Ähm, kannst du schon mal für Sam den Schlafplatz richten?" Sie deutet auf den Dunkelhaarigen hinter ihr. „Die Jungs hatten einen langen Tag und ich habe versprochen, dass sie hier crashen können." Sie setzt ihr niedlichstes Lächeln auf.

Ich rücke meine Brille zurecht und mustere sie aus zusammengekniffenen Augen. „Also, was das angeht: Wann genau hast du mich bitte gefragt, ob ..."

„Wow! Ist das ein Hund?" Ehe irgendjemand etwas dagegen tun kann, hat Paul sich Doris geschnappt und die Hündin an sich gedrückt. „Du bist ja süß! Ja, hallo! Hallo, Hündchen! Oh, bist du flauschig!"

Ich bin so verblüfft, dass Doris, anstatt Paul zu zerfleischen, mit dem Schwanz wedelt und sein Gesicht ableckt, dass ich verpasse, wie Gina den Mann namens Sam in mein Schlafzimmer führt.

Als ich den beiden hinterherhechte, stehen sie schon mitten in meinem Chaos und schieben den falschen Flokati beiseite, um die zweite Matratze aus meinem Bettkasten zu ziehen.

„Hey! Stopp!" Ich stemme mich mit beiden Händen in den Türrahmen. „Ich habe das nicht erlaubt!"

Gina schaut erschrocken zu mir hoch. „Aber ich hab dich doch vorhin angerufen!" Sie guckt, als würde sie die Welt nicht mehr verstehen.

Ich frage mich kurz, ob sie ihre Verblüffung nur vorgibt. Zutrauen würde ich es ihr. Gina wickelt jeden um den Finger – oder versucht es zumindest.

Ich persönlich bleibe bei den Fakten: „Ich habe kaum die Hälfte von dem, was du mir am Telefon gesagt hast, verstanden!"

„Aber du warst trotzdem einverstanden!", behauptet Gina und zieht einen Schmollmund.

„War ich nicht!", protestiere ich.

„Okay ..." Sam richtet sich auf und sieht ziemlich verlegen aus. „Also ich will hier echt nicht ..." Er sieht mich aus seinen grauen Augen an. „Hanni war der Name, richtig?"

Ich nicke.

Er wendet sich an Gina. „Ich will hier nicht einfach in Hannis Privatsphäre ..."

„Papperlapapp!" Sie macht eine wegwerfende Handbewegung und kommt an meine Seite. „Komm schon, Hanni", wispert sie in mein Ohr. „Er braucht nur einen Platz zum Pennen."

„Aber nicht neben mir! Ich kenne den Typen doch gar nicht!", zische ich zurück. „Was, wenn er ..."

„Sam hat keinen Schluck getrunken und er ist kein Grapscher." Gina legt einen Arm um mich. „Er ist ein wirklich guter Freund von mir. Ich vertraue ihm."

„Wenn er so ein guter Freund ist, warum nimmst du ihn dann nicht mit in *dein* Zimmer?", keife ich sie an.

Gina lächelt. „Weil Paul und ich Sachen machen wollen, bei denen wir keine Zuschauer brauchen." Sie wackelt mit den Augenbrauen. „Wenn du verstehst ..."

Ich verstehe. Und ich verdrehe die Augen und wende mich von ihrem lasziven Grinsen ab. Sam steht noch immer mitten in meinem WG-Zimmer und nicht zum ersten Mal verfluche ich die Tatsache, dass es in unserem Zwei-Raum-Apartment kein Wohnzimmer oder auch nur ein Sofa gibt. Normalerweise ist es zwar kein Problem, wenn Übernachtungsbesuch neben mir auf der zweiten Matratze schläft. Aber normalerweise kenne ich auch meinen Gast.

„Kann er nicht auf deiner Yogamatte schlafen?", knurre ich. „Oder auf der Eckbank?"

„Auf der Eckbank?" Gina sieht mich fassungslos an. „Auf dem blanken Holz? Neben deinem Höllenhund?"

„Es ist nicht *mein* Höllenhund." Ich schnalze mit der Zunge. „Und, hey, Doris scheint diesen Paul zu mögen, also warum nicht ..."

„Hanni!" Nun klingt Gina ernsthaft empört. „Seit zwei Wochen dulde ich den Köter deines Bruders in unserer Wohnung und führe das Fellknäuel sogar aus. Da kannst du ja wohl ein einziges Mal einem guten Freund von mir einen Schlafplatz anbieten!"

„Es sind erst zehn Tage", korrigiere ich.

„Glaub mir!" Gina schnaubt. „Es fühlt sich länger an, wenn man jeden Tag die Kacke dieses Tiers im Park aufliest!"

Wir starren uns an. Wütende, kleine Flammen lodern hinter Ginas braunen Augen. Flammen, die nur noch größer werden. Ich gebe nach.

„Na gut, eine Nacht!", lenke ich ein. „Aber wehe, der versucht was!"

Gina schüttelt ihre Mähne. „Sam?"

Der Dunkelhaarige schaut von seinen Füßen auf.

„Hast du vor, dich meiner charmanten Mitbewohnerin in irgendeiner Weise unkeusch zu nähern?", fragt sie ihn.

„Was?" Sam schaut verwirrt zwischen mir und Gina hin und her. „Ähm ... Nein?"

„Sehr gut!" Meine Mitbewohnerin schenkt mir einen triumphierenden Blick. „Dann wäre das ja geklärt! Gute Na-ha-cht!" Sie verabschiedet sich mit einem Winken und geht zurück in die Küche. Zweifelsohne, um ihr Date zu holen.

Ich bleibe einen Moment unschlüssig in meinem Türrahmen stehen und betrachte meinen neuen Zimmergenossen.

Sam ist schlank und hochgewachsen. Sein Outfit ist im Vergleich zu Pauls Lederaufzug ein Understatement. Er trägt klassische, dunkelblaue Jeans und ein weißes T-Shirt. Nur sein etwas zerzaustes, welliges Haar und ein Tattoo am Unterarm, brechen mit dem braven Look. Kurz bleibt meine Aufmerksamkeit an dem verzierten Fleckchen Haut hängen, aber ich kann das filigrane Motiv nicht genau erkennen. Als ich den Blick wieder hebe, begegnen sich unsere Augen.

„Sorry, ich wollte nicht starren", sage ich und spüre, wie mir die Röte den Hals hinauf kriecht.

„Alles gut." Er steckt die Hände in die Hosentaschen. „Ich schätze, ich muss mich entschuldigen." Er räuspert sich. „Für den Überfall."

Ich wiege den Kopf hin und her. „So wie ich das sehe, ist das eher auf Ginas Mist gewachsen …" Unsicher schaue ich zu meinem Bett und der halb hervorgezogenen Matratze. „Okay, also du kannst jetzt die Matratze ganz herausziehen. Ich suche in der Zwischenzeit das Bettzeug zusammen."

Ich laufe zu meinem Kleiderschrank und bemühe mich, meine Reflexion in der Spiegeltür, die mich glitzerübersät, mit einem unordentlichen, braunen Zopf und mehr als fragwürdig gekleidet zeigt, zu ignorieren. Nun hat mich Sam sowieso schon in meinem labbrigen *Guns-and-Roses*-Shirt gesehen! Das alte Oberteil von meiner Mutter habe ich schon in meiner Kindheit zum Schlafen getragen. Damals hat es aber noch nicht so knapp unter dem Po geendet.

Ich öffne die Schranktüren und halte Ausschau nach dem Kissen und der Decke, die ich für Besuch bereithalte. Weil ich das Bettzeug so selten brauche, habe ich es im obersten Fach des Schranks verstaut. Und wenn ich mich jetzt danach strecke, wird Sam nicht nur mein

Schlabbershirt, sondern auch meinen Schlabber-Slip zu sehen bekommen. Umständlich halte ich mit einer Hand den Saum meines Nachthemds fest, während ich die andere so weit nach oben strecke, wie ich kann. Allerdings erreiche ich in dieser Position nicht einmal den Boden des Fachs.

„Moment, ich helfe dir." Sam scheint meinen Struggle bemerkt zu haben. Er greift über mich hinweg. „Das Kissen und die Decke, ja?"

Ich nicke und ... schnuppere. Eine Mischung aus Pfeffer, Kardamom und etwas Holzig-Rauchigem, das ich nicht genauer bestimmen kann, dringt an meine Nase. Sams Aftershave? Der Duft ist angenehm, aber dennoch einnehmend. Er sorgt dafür, dass ich immer noch mit halb ausgestrecktem Arm dastehe, als Sam das Bettzeug längst heruntergeholt hat.

Er räuspert sich. „Hanni?"

Ich blinzele. „Entschuldige, ich schlafe schon fast ein", sage ich mit einem nervösen Lachen. „Und, ich schätze, der Glitzer ist mir irgendwie zu Kopf gestiegen." Verlegen streiche ich mir eine Haarsträhne hinters Ohr.

Sam grinst ein wenig. Wirklich nur ein wenig. Eigentlich ist es nur ein winziges Zucken seines Mundwinkels, das so schnell wieder verschwindet, dass ich kurz glaube, es mir nur eingebildet zu haben.

„Du, ähm, kannst mir einfach die Bezüge geben. Den Rest mache ich schon selbst", sagt er freundlich. „Du musst bestimmt mit deinem Projekt in der Küche weitermachen, oder?"

„Richtig, mein Projekt! Okay, dann ..." Ich öffne eine Schublade und ziehe einen Stapel gefalteter Bettwäsche heraus. „Hier. Mach es dir ..."

Meine Augen flattern kurz zu seinen und jetzt lächelt er richtig und es ist so umwerfend, dass ich wünschte, ich hätte nicht hingesehen.

„Mach's dir bequem", sage ich mit belegter Stimme und flüchte aus meinem eigenen WG-Zimmer.

An der Küchentür empfängt mich Doris, die zunächst noch mit dem Schwanz wedelt und dann sichtlich enttäuscht ist, dass nicht Paul, sondern ich vor ihr stehe.

„Tut mir leid ...", seufze ich. „Bin nur ich, die alte Trantüte. Nicht dein cooler, neuer Freund." Ich sehe der Hundedame dabei zu, wie sie zurück auf die Eckbank klettert und sich auf ihrem Kissen niederlässt.

Auch ich lasse mich auf meinen goldbestäubten Stuhl fallen, greife mir das nächste Gläschen und die Tüte mit dem Glitzer. „Dann wollen wir mal ..."

3 – Eine Spur Gold

Als am Samstagmorgen um 09:00 Uhr der Wecker klingelt, fallen mir mehrere Dinge gleichzeitig auf.

Erstens: Ich habe Glitzer im Mund.

Zweitens: Viereinhalb Stunden Schlaf sind nicht ausreichend.

Und drittens: Mein Kissen ist verdächtig warm und ... fest?

Während ich prustend versuche, die kleinen Goldkörnchen von meiner Zunge zu kriegen, taste ich nach dem Wecker. Doch das laut schellende Blechteil befindet sich nicht wie gewohnt in meiner Reichweite. Stattdessen landet meine Hand in ... Fell?

Für einen kurzen, törichten Moment bin ich freudig überrascht, dass Doris sich zu mir ins Bett gekuschelt hat. Im nächsten Augenblick dringt ein tiefes – und überaus menschliches – Brummen aus meinem Kissen und mir wird schlagartig klar, dass ich weder auf einem Polster liege noch eine Hündin kraule.

Hastig richte ich mich auf und stütze mich dabei auf ... eine Brust? Einen Bauch? In welchen Teil des Oberkörpers sich meine Nägel graben, kann ich nicht so genau sagen, denn der Mensch unter mir bewegt sich und ich habe meine Brille noch nicht aufgesetzt.

„Was zum …?" Mehr von dem verschlafenen Gemurmel verstehe ich nicht, denn noch immer klingelt die Uhr, die mich ans Aufstehen erinnern soll, ohrenbetäubend laut.

Ich krieche hastig ein Stockwerk höher, auf die Matratze, auf der ich eigentlich die kurze Nacht hätte verbringen sollen, und robbe zur schmalen Ablage am Kopfende.

Stille.

Nachdem ich endlich den Hammer an meinem Retro-Wecker zu fassen bekommen und an Ort und Stelle fest gepinnt habe, ist es sehr ruhig im Zimmer.

Das lauteste Geräusch ist jetzt mein eigenes Atmen.

Und mein Herzklopfen.

Das Blut rauscht regelrecht durch meine Ohren, spült den Schlaf aus meinem Kopf und bringt mir folgende Erkenntnis: Ich habe auf Sam geschlafen.

Ich.

Habe.

Auf.

Sam.

Geschlafen.

Oh Gott!

Wie war das denn passiert?

Hitze kriecht in meine Wangen und am liebsten möchte ich mich unter der Bettdecke verstecken. Doch stattdessen taste ich mit bebenden Fingern die Ablage entlang, bis meine Fingerspitzen an meine Brille stoßen. Zögerlich setzte ich den kühlen Metallrahmen auf meine Nase.

„Ist … Ist das Glitzer?" Sams kratzige Stimme erklingt hinter mir und sie hört sich *not amused* an.

21

Oh weh ...

Ich hole tief Luft und drehe mich zu meinem Bettnachbarn um. Er starrt auf seine nackte Brust, die aussieht, als hätte Tinkerbell persönlich darauf eine Bruchlandung hingelegt. Feenstaub bedeckt seinen ganzen Oberkörper. Einen kurzen Moment, wirklich nur einen ganz kurzen, lasse ich meinen Blick darüber streifen. Über die blasse Haut, die erstaunlich definierten Muskeln und eine Reihe feiner Härchen, die von seinem Bauchnabel bis unter die Bettdecke verläuft.

Ich schlucke.

„E-Entschuldige." Beschämt halte ich meine golden schimmernden Hände hoch. „Ich habe bis halb 5 noch mit den Gläsern zu tun gehabt und war zu müde, um alles richtig abzuwaschen."

Sam beäugt meine Finger. „Das erklärt aber trotzdem nicht, warum ich aussehe wie Edward Cullen." Falls die Bemerkung witzig gemeint ist, lässt das seine Miene nicht vermuten. So warm seine Brust (und auch sein Kiefer und seine Oberarme und sein dunkles Haar) in der hereinfallenden Morgensonne glänzen, so kühl ist sein Blick.

„Ich, ähm, ich muss aus meinem Bett auf, ähm, na ja, dich gefallen sein", gestehe ich und nestele an dem Zopfband herum, in das sich mein schulterlanges Haar hoffnungslos verknotet hat.

„Aus dem Bett gefallen?" Sam hebt eine Augenbraue. „Sagst du das allen Typen, denen du dich im Dunkeln *unkeusch näherst?"*

Einer seiner Mundwinkel zuckt spöttisch. Und dass er sich auf Ginas Bemerkung von letzter Nacht bezieht, entgeht mir auch nicht. Aber mir fällt keine schlagfertige Antwort ein.

„Das war nicht meine Absicht", ist alles, was ich erwidere, bevor ich – darauf bedacht, ihn weder zu berühren noch seine nackte Brust anzustarren, – aus dem Bett klettere.

Sam schnaubt amüsiert, als ich einen langen Schritt über ihn hinweg mache. Ich versuche, mich möglichst würdevoll in eine stehende Position zu bringen und in meine Hausschlappen neben dem Bett zu schlüpfen. Ich muss mich duschen und fertig machen, wenn ich in einer Stunde im St. Lioba sein will.

„Hey, ähm, Hanni?" Sams Räuspern lässt mich innehalten, kurz bevor ich an der Zimmertür bin. „Dein Hintern glitzert."

Erschrocken zerre ich mein ohnehin schon ausgeleiertes Schlafshirt weit nach unten und drehe mich zu ihm herum.

Er begegnet meinem zerknirschten Blick mit einem Grinsen. Als hätte er nicht gerade eine peinliche Situation noch peinlicher gemacht, zuckt er mit den Schultern.

„Ich dachte, ich sag's dir lieber, Goldmarie." Er fährt sich schadenfroh durch sein zerwühltes Haar.

„Charmant!", blaffe ich ihn an und ermahne jede Zelle meiner Haut, jetzt bloß nicht rot anzulaufen. „Vielen Dank für den Hinweis, *Edward*!"

Sam lacht und lehnt sich zurück auf seine Ellenbogen. „Gern geschehen." Er zwinkert und diese kleine Geste bringt mein Blut zum Kochen.

Mit hochrotem Kopf stürme ich aus meinem Schlafzimmer und eine Tür weiter ins Bad. Sams Lachen folgt mir, bis ich unter der Dusche stehe und das Wasser aufdrehe.

So ein ...

So ein ...

Ich fluche unter der Brause, obwohl mir im Grunde klar ist, dass ich mir die Peinlichkeit dieses Morgens selbst zuzuschreiben habe.

Wie, in Gottes Namen, bin ich auf diesem Typen gelandet? Und wie konnte ich da selig vor mich hin schlummern? Wacht man nicht normalerweise auf, wenn man nachts eine Etage tiefer fällt? Vor allem, wenn man auf einen anderen Menschen fällt?

Grummelnd greife ich mir Ginas Shampoo. Es riecht besser als meins und weil sie mir ja meinen Übernachtungsgast und damit auch irgendwie das böse Erwachen heute Morgen beschert hat, habe ich kein schlechtes Gewissen dabei, mir einen Klecks zu klauen. Wenn ich so recht drüber nachdenke, stibitze ich mir auch gleich noch etwas von ihrem sündhaft teuren Duschgel.

Schaum und Glitzerpartikel mischen sich am Wannenboden, aber ich kann schon jetzt sehen, dass noch mindestens ein Gläschen Feenstaub an mir klebt. Es wird wahrscheinlich Tage, wenn nicht sogar Wochen dauern, bis ich den ganzen Glitter los bin. Zumindest habe ich – als ich das Teufelszeug besorgt habe – geistesgegenwärtig daran gedacht, eine biologisch abbaubare Variante zu kaufen. Wenigstens eine richtige Entscheidung in diesem ganzen Debakel.

Als ich aus der Dusche steige, umfängt mich der tropische Duft von Kokosnuss. Ich schnappe mir ein frisches, weiches Frotteetuch aus dem Badezimmerregal und trockne mich ab. Als ich gerade dabei bin, ein zweites, kleineres Handtuch um meinen Kopf zu wickeln, höre ich das unheilvolle Geräusch: Doris' schrilles Bellen, gefolgt von einem erstickten Schrei und lautem Klirren.

Nein, lautem *Splittern*.
Wie von zerberstendem Glas.

4 – Scherben bringen Quitt

Verdammt. Verdammt! VERDAMMT!

Ich schnappe mir meine Brille, reiße die Badezimmertür auf und hechte durch den Flur. Ich stolpere gerade rechtzeitig in die Küche, um zu sehen, wie das letzte, goldgefüllte Glas vom Tisch herunterkullert und auf dem Fliesenboden zerspringt.

„Verdammt!"

Dieses Mal erklingt der Fluch nicht in meinem Kopf. Er kommt von Sam, der in Jeans und T-Shirt neben dem Scherbenhaufen kniet. Doris lauert knurrend unter dem Esstisch.

Ich sinke zu Boden.

Sie sind alle kaputt.

Jedes einzelne Gläschen mit Feenstaub ist zerbrochen. Fassungslos starre ich auf das, was von meiner Arbeit übrig ist.

„Hanni, es ..." Sams Stimme hat ihren neckischen Ton von zuvor verloren. Echtes Bedauern schwingt darin mit. „Es tut mir echt leid. Ich bin nur hereingekommen, um mir einen Kaffee zu machen, und der Hund ..."

Ich winke ab. Er braucht es mir nicht zu erklären.

Ich kann mir lebhaft vorstellen, wie sein Eintreten die Hündin meines Bruders alarmiert hat. Vermutlich hat sie in ihrer Attacke die Reihen der kleinen Gläser umgerissen und … na ja … Das ist nun das Ergebnis.

Stöhnend vergrabe ich mein Gesicht in den Händen.

Das war's also. Die ganze Arbeit umsonst. Die ganze Überraschung im Eimer. Die Kinder werden enttäuscht sein. Warum hatte ich ihnen auch erzählt, dass es bei der nächsten Lesestunde etwas Besonderes für sie gibt?

„Verdammt", murmele ich resigniert.

„Kann ich irgendetwas tun, um das wiedergutzumachen?" Sams warme Hand legt sich auf meinen Oberarm.

Ich zucke zurück, umklammere fest mein Handtuch, als ich wieder auf die Füße springe. „Ich …"

Ich kann ihn nicht ansehen.

Obwohl ich weiß, dass er nichts getan hat, um diese Situation zu provozieren, bin ich sauer auf ihn. Dieser Morgen hätte ganz anders verlaufen sollen. Ohne peinliche Situationen in meinem Schlafzimmer und ohne Scherben auf dem Küchenboden.

„Ich muss mich anziehen", sage ich hastig und mache auf dem Absatz kehrt. In der Küchentür kollidiere ich beinahe mit Paul, der dort in einem geblümten Bademantel von Gina steht.

„Hoppla! Guten Morgen!" Er grinst mich an, dann schaut er über mich hinweg in den Raum hinein. „Fuck! Was ist denn hier passiert?"

Weder auf den Gruß noch auf seine Frage gehe ich ein. Stattdessen quetsche ich mich an ihm vorbei und gehe schnurstracks in mein Zimmer.

Ich baue mich vor meinem Schrank auf und greife mir, ohne richtig hinzusehen, ein paar Klamotten. Bei einem Jeans-und-T-Shirt-Mädchen wie mir kann da nicht viel schief gehen. Als ich mich gerade meiner Handtücher entledige und in frische Unterwäsche schlüpfe, schwingt die Zimmertür auf.

„Was ist denn in der Küche passiert?" Mit großen Kulleraugen steht meine Mitbewohnerin im Türrahmen.

Instinktiv halte ich mir das T-Shirt, das ich gerade anziehen wollte, vor die Brust. „Gina! Ich stehe hier quasi nackt!"

„Sorry!" Sie tritt ein und schließt die Tür hinter sich. „Also? Was ist passiert?"

„Sam ... Doris ...", murmele ich, als ich das Kleidungsstück über meinen Kopf ziehe und anschließend meine Brille wieder zurechtrücke. „Benutze deine Fantasie. Ich denke, du kannst es dir vorstellen."

Gina schürzt ihre Lippen. „Kein Grund, so bitchy zu sein!"

Ich schließe die Augen und versuche, den aufsteigenden Ärger runterzuschlucken. „Entschuldige, aber ich bin übernächtigt und das, wofür ich mir die halbe Nacht um die Ohren gehauen habe, liegt im wahrsten Sinne des Wortes in Scherben. Und die Kinder haben sich schon so darauf gefreut, dass ich heute etwas mitbringe und ... Herrgott!" Ich wrestle mit den Hosenbeinen einer schmalen Jeans. Vor lauter Frustration werfe ich mich aufs Bett, auf Sams Teil des Betts, um den Stoff an meinen Beinen hoch zu zerren.

„Okay, okay, Schätzchen." Gina lässt sich in ihrem rüschenbesetzten Negligé neben mir nieder. „Ich verstehe. Mega kacke."

„Danke", keuche ich, als ich endlich den Knopf an meiner Hose schließe.

Kurz bin ich versucht, Gina auch von dem peinlichen Erwachen auf Sams nacktem Oberkörper zu erzählen, aber ich verkneife es mir. Sie würde es lieben. Und sie würde alles Mögliche hineininterpretieren. Seit sechs Monaten, seit mein Ex-Freund aus dieser Wohnung aus- und Gina an seiner Stelle eingezogen ist, liegt sie mir damit in den Ohren, dass ich unbedingt einen neuen Typen bräuchte. Ein *Rebound*, um über Kilian hinwegzukommen.

Aber ich bin einfach noch nicht bereit dafür.

Und ich habe auch keine Zeit dafür.

Bei dem Gedanken schnappe ich mir meine Armbanduhr von der alten Weinkiste, die neben dem Bett steht.

„Ich bin knapp dran", sage ich und stehe auf. „Sorry für das Chaos in der Küche."

Sie wirft eine Strähne ihres langen, roten Haars über ihre Schulter. „Ach, mach dir keinen Kopf! Ich habe die Jungs schon zum Aufräumen verdonnert."

„Echt?" Ich hebe eine Augenbraue.

Sie grinst selbstzufrieden. „Na ja, die können ruhig etwas für ihre Kost und Logis tun!"

Ich schüttele den Kopf. Gina kriegt wirklich jeden dazu, für sie zu arbeiten. „Da haben sie ganz schön zu tun, für die eine Nacht ..." Mit ein paar Schritten bin ich an meinem Schreibtisch und fische meine Schultertasche darunter hervor.

„Jaaa, richtig, weißt du ..." Ginas Ton macht mich hellhörig.

Ich lasse meine Ausgabe von *Peter Pan*, in der Tasche verschwinden und greife mir die Strickjacke vom Drehstuhl.

„Gina?" Mein Ton ist warnend.

Was verheimlicht sie vor mir?

Meine Mitbewohnerin weicht meinem Blick aus. „Ach, weißt du was? Darüber können wir noch später reden!" Ihr Lächeln wirkt nervös. „Komm du erst einmal rechtzeitig zu deiner Lesung." Sie steht auf und schiebt mich sachte in Richtung meiner Zimmertür. „Du kannst mein Auto nehmen, wenn du willst."

„Gina! Ich will jetzt wissen, was ..." Sie hat mich schon fast in den Flur bugsiert, als mein Rücken gegen etwas Warmes prallt. Ich schaue auf.

Sam.

„Hey." Glitzer fällt von seinen Wimpern, als er spricht. „Sorry, habt ihr schon ...?" Sein Blick springt zu Gina.

„Ja, ja, alles geklärt!" Gina versucht sich an einem zuversichtlichen Ausdruck.

Aber ich durchschaue sie. „Was? Nein!" Ich schaue zurück zu Sam. „Es ist gar nichts geklärt! Was habt ihr hinter meinem Rücken verabredet?"

Er fährt sich unsicher durchs Haar und Gina ergreift das Wort.

„Die Jungs müssen ..." Sie holt tief Luft. „Eventuellnocheinoderzweinächtehierbeiunscrashen." Die letzten Worte reiht sie so schnell aneinander, dass ich sie kaum auseinanderdividieren kann.

„Wie bitte?" Ich schaue meine Mitbewohnerin streng an.

„Oh, nein, schon 09:50 Uhr! Du musst echt los, Hanni!", erinnert mich Gina und beginnt mich zur Garderobe zu ziehen.

Zähneknirschend schaue ich auf meine Uhr, nur um zu sehen, dass sie recht hat. Mist! Jetzt komme ich auch noch zu spät!

Ich ziehe die Strickjacke über und greife mir gleich noch meinen Dufflecoat vom Haken.

„Wenn ich zurückkomme, reden wir mal ein ernstes Wort miteinander!", zische ich Gina zu.

„Klar, Schätzchen!" Sie strahlt mich an, während ich meine knöchelhohen Schnürstiefel anziehe. „Hier, deine Tasche."

Schnaubend schlinge ich den Träger quer über meinen Körper und gehe mit einem knappen „Ciao" aus der Tür.

Im Treppenhaus nehme ich zwei Stufen auf einmal. Wenn es mich zwischen dem fünften Stock und dem Erdgeschoss nicht auf die Nase legt, erwische ich vielleicht noch die Straßenbahn um 09:55 Uhr. Dann komme ich nur mit fünf Minuten Verspätung im Krankenhaus an.

Ich beiße mir auf die Lippe. Ich hasse es, zu spät zu kommen – vor allem zu den Kindern.

Als ich gerade den Treppenabsatz zwischen dem ersten und zweiten Stock erreiche, holt mich jemand ein.

Sam.

Natürlich.

„Ich fahre dich", sagt er.

Kopfschüttelnd nehme ich die nächsten Stufen. „Aha. Und wer sagt, dass ich von dir gefahren werden möchte?"

„Gina", antwortet er prompt. „Sie hat mir ihre Autoschlüssel gegeben."

Ich möchte losprusten. „Hat sie das, ja?"

Sam zieht einen Mundwinkel nach oben. „Ja."

Ich fixiere ihn durch meine Brille. Seine grauen Augen blinzeln nicht einmal, während er meinen Blick erwidert.

„Müssen wir das jetzt starrend ausfechten oder kannst du dir einfach helfen lassen?", fragt er, ohne eine Miene zu verziehen.

„W-Wie bitte?", gebe ich perplex zurück.

Er verdreht die Augen. „Ich biete dir an, dich zu deinem Termin zu fahren."

„Warum willst du mich unbedingt durch die Gegend kutschieren?", verlange ich zu wissen.

Sam seufzt. „Damit wir quitt sind."

„Quitt?", wiederhole ich. „Ah, verstehe. Du willst mir keinen Gefallen tun, sondern dein Gewissen beruhigen!"

„Ja. Und?" Er zuckt mit den Schultern. „Ich bin gut erzogen." Er wendet sich von mir ab. „Eindeutig besser als du!"

„Hey!", rufe ich ihm empört hinterher, als er die nächsten Stufen nimmt. „Was soll denn das heißen?"

Sam erreicht den nächsten Treppenabsatz. „Denk mal scharf drüber nach!" Er blickt über die Schulter zurück. „Und beeil dich ein bisschen. Du bist doch spät dran, oder?"

Erschrocken schaue ich auf meine Uhr und meine Gesichtszüge entgleiten mir. Schon 09:57 Uhr! Die Straßenbahn kann ich vergessen …

Als wüsste Sam ganz genau, was mir gerade durch den Kopf geht, zieht er kokett eine Augenbraue hoch.

„Sag ich doch!" Er klimpert mit den Autoschlüsseln. „Ich werfe schon mal den Motor an!"

5 – Hand aufs Herz

„Würdest du bitte losfahren?"

Wie auf Kohlen hocke ich in Ginas plüschigem Beifahrersitz und fummele am Reißverschluss meiner Tasche herum.

„Anschnallen", sagt Sam tonlos und kurbelt an seiner Rückenlehne.

„Das lohnt sich doch gar nicht!", protestiere ich. „Zum Krankenhaus fährt man nur ein paar Minuten!"

„Anschnallen", wiederholt mein Fahrer ungerührt.

Ein genervter Laut bricht aus mir heraus, als ich meine Tasche in den Fußraum stelle und über meine rechte Schulter greife. Schnaubend zerre ich am Gurt, führe ihn quer über meine Brust und stecke die metallene Zunge ins Schloss.

„So! Zufrieden?" Ich lasse mich seufzend in den Sitz fallen. „Kann's jetzt endlich losgehen?"

Sam sagt nichts, startet aber den Motor. Er wirft einen Blick in den Seitenspiegel und schaut über seine Schulter, ehe er den Blinker setzt und aus der Parklücke am Straßenrand fährt.

Schon nach wenigen Metern müssen wir an einer roten Ampel halten. Ich stöhne auf. Es ist jetzt Punkt 10. Und meine Chancen, pünktlich zu sein, sind gleich null.

Auch Sam atmet geräuschvoll aus. „Bist du immer so?", fragt er.

„Was meinst du mit *so*?", gebe ich gereizt zurück.

„So ungeduldig ..." Er scheint kurz zu überlegen. „... und dickköpfig ... und pampig."

Ich blähe meine Nasenflügel.

Legt er es darauf an, mich auf die Palme zu bringen?

„Ja, ich bin immer so", sage ich schnippisch. „Immer dann, wenn andere zwischen mir und meinen Terminen stehen."

Sam seufzt. „Ich stehe nicht zwischen dir und deinem Termin", stellt er klar und sieht mich eindringlich an. „Ich fahre dich hin. Fahren ist das exakte Gegenteil von Stehen."

„Ach ja?" Ich schnalze mit der Zunge. „Dann fahr doch endlich, mein selbstloser Helfer! Grüner wird's nicht!"

Sein Blick springt zur Ampel, während der nächste Wagen hinter uns schon hupt.

„Schon gut, schon gut", bemüht sich Sam, den Fahrer im Rückspiegel und mich gleichermaßen zu beruhigen. „Verdammter Stadtverkehr", murmelt er in sich hinein.

Ich hebe eine Augenbraue. „Bist wohl kein Stadtkind, was?"

„Doch, geboren und aufgewachsen, genau hier, im guten alten Buchingen", kommt es vom Fahrersitz. „Aber ich hab's hier irgendwann nicht mehr ausgehalten."

Er biegt in eine Seitenstraße ein, durch die man, mit ein wenig Glück, schneller zum Krankenhaus kommt.

„Das heißt, du bist einer von denen, die der großen Stadt den Rücken gekehrt haben und aufs Land umgesiedelt sind?", frage ich spitz.

Sam lacht – oder vielleicht ist es auch eher ein Husten. „Nein, nicht direkt."

„Was dann?" Ich weiß gar nicht, warum ich ihn so ausfrage. Eigentlich muss ich das nicht von ihm wissen, aber zu reden macht die Anspannung, die ich wegen meiner Verspätung fühle, gerade irgendwie erträglicher.

„Im Grunde habe kein richtiges Zuhause." Er bremst, als eine Frau mit Kinderwagen zwischen zwei parkenden Autos auftaucht, und lässt sie die Straße überqueren. „Ich bin viel unterwegs. Mit der Band."

Ich lache humorlos. *Mit der Band?*"

„Ja." Er zieht die Stirn kraus. „Hat dir Gina nicht erzählt, dass Paul und ich in einer Band sind?"

„Nein." Ich schnaube. „Das ist wohl eines der vielen Details eures Arrangements, das sie mir vorenthalten hat." Ich lasse mich genervt gegen die Kopfstütze sinken. „Du bist also ... Musiker?"

Sam wiegt den Kopf. „Eher mitreisender Veranstaltungstechniker." Er sieht kurz zu mir und registriert meinen fragenden Blick. „Ich bin Roadie."

„Aha. Klingt spannend", sage ich in einem matten Tonfall.

Sam schnaubt amüsiert. „Musik ist nicht dein Ding, was?"

„Nein." Ich seufze. „Musik ist nicht mein Ding. Nichts ist *mein Ding*, außer das Vorlesen. Und gerade bin ich in Begriff, zu *meinem Ding* zu spät zu kommen."

Sam ignoriert den Vorwurf in meiner Aussage. „Vorlesen? Das machst du also in der Klinik?"

Ich nicke. „Ja, ich lese den kranken Kindern vor. Jeden Samstag. Märchen und sowas."

Ein anerkennender Blick trifft mich. „Ziemlich nett von dir."

„Ja, und das, obwohl ich so *ungeduldig und dickköpfig und pampig* bin." Ich schenke ihm ein falsches Lächeln. „Wie gesagt, es ist mein Ding. Ich habe Spaß daran."

„Was liest du heute vor?", fragt Sam und biegt in eine andere Seitenstraße ein.

„Peter Pan", antworte ich knapp.

Er nickt. „Der Junge, der nicht erwachsen werden will."

„Genau der." Mein linkes Bein beginnt im Sitzen zu wippen. Ich kann es nicht unterdrücken. Wenn ich angespannt bin, kann ich nicht still sitzen.

„Deswegen also der Glitzer? Tinkerbells Feenstaub?" Sam lächelt mich an.

„Gut kombiniert, Sherlock." Mein Bein wippt schneller.

Sams Blick flackert zu meinem Schoß. Für einen Moment glaube ich, er wird seine Hand auf mein Knie legen, um mein Zappeln zu beruhigen. Aber dann richtet er die Augen wieder auf die Straße.

„Wir sind gleich da", sagt er. „Du wirst nur minimal zu spät sein."

„Minimal." Ich schnalze mit der Zunge. „Schlimm genug, dass ich überhaupt zu spät komme."

Er lacht. „Es muss immer ein erstes Mal geben."

„Nein, muss es nicht", widerspreche ich und verschränke die Arme vor der Brust.

Vor uns kommt der Eingang des Krankenhauses in Sicht.

Ich bücke mich zu meiner Handtasche, die im Fußraum umgekippt ist, und fummele eine Schutzmaske aus ihren Tiefen hervor.

„Danke fürs Fahren", murmele ich, während ich die Gummibänder über meine Ohren ziehe. Aus dem Augenwinkel sehe ich Sam nicken.

Kaum dass er den Wagen angehalten hat, stoße ich die Beifahrertür auf. Kleine Regentropfen fallen auf meine Brille, als ich aussteige und die Autotür hinter mir zuschlage. Ich stapfe auf die gläserne Drehtür der Klinik zu.

„Hey! Hanni!" Sam ist ausgestiegen und lehnt am Dach des Wagens. „Musst du später abgeholt werden?"

Ich schüttele den Kopf. „Nein, muss ich nicht", sage ich mit einem kurzen Blick über die Schulter.

„Möchtest du?", ruft er noch mal.

Ich drehe mich genervt um. „Was?"

„Möchtest du abgeholt werden?" Sein Ausdruck ist irritierend freundlich.

Was soll die Frage? Und der Blick?

Wenn er mich so ansieht, wird mir ganz komisch. „Nein!", belle ich und trete in das Rondell der Drehtür.

Die junge Frau am Empfang des St. Lioba nickt mir nur schüchtern zu, als ich an ihr vorbeigehe. Sie hat mich hier schon öfter gesehen und weiß, dass ich ehrenamtlich auf der Kinderstation vorlese.

Ich marschiere zu den Aufzügen und betätige den Rufknopf. Die Zeit, bis sich ein Paar automatischer Türen vor mir öffnet und ich endlich in einen Fahrstuhl steigen kann, kommt mir ewig von. Kaum dass ich drinnen bin, beginne ich wieder ungeduldig mit dem Fuß zu wippen.

Einfach herumzustehen, wo mein ganzer Körper mich zur Eile drängt, ist gerade unerträglich. Dankenswerterweise befindet sich die Pädiatrie im dritten Stock, sodass ich nur kurz in dem engen, edelstahlverkleideten Raum ausharren muss.

Als sich die Aufzugtüren wieder vor mir teilen, weht mir schon das Geplapper von Kinderstimmen entgegen. Ohne Umwege schlage ich die Richtung des Gemeinschaftsraums ein, wo die Gruppe bestimmt schon auf mich wartet.

Ich zähle knapp zwanzig Kinder, als ich den Raum betrete. In Pyjamas und Bademänteln sind sie über die Stühle und die dreiteilige Sofagarnitur verteilt.

„Hallo! Entschuldigt die Verspätung!", begrüße ich mein Publikum. Von den Kleinsten kommen fröhliche Rufe zurück, während ein paar Teenager eher desinteressiert brummen.

Ich glaube nicht, dass irgendjemand dazu verdonnert wird, zu meiner Vorlesestunde zu kommen. Dennoch erwecken ein paar der blassen Gesichter den Eindruck, als wären sie gerade lieber woanders.

Na ja, wenn man im Krankenhaus ist, ist es wohl nur natürlich, anderswo sein zu wollen.

Ich stelle meine Tasche auf der kleinen Kaffeetheke an der Seite des Raumes ab und hole mir einen Stuhl. „Schön, dass ihr alle da seid", sage ich etwas atemlos in die Runde, während ich mich aus meiner Jacke schäle.

„Schön, dass Sie endlich da sind", ertönt eine etwas mürrische Stimme hinter mir.

Ich drehe mich herum und entdecke Schwester Felicitas, die Nonne, die die Kinderstation leitet. Das St. Lioba hat einen kirchlichen Träger, deswegen gibt es hier ein paar Ordensschwestern unter dem Personal.

„Guten Morgen", sage ich mit entschuldigendem Ton. „Die Verspätung tut mir leid. Kommt nicht wieder vor."

Schwester Felicitas hebt auf diese strenge Art, die nur bestimmte Berufsgruppen drauf haben, eine Augenbraue. „Nun sind Sie ja da", sagt sie in einem leicht missbilligenden Ton. „Sie wissen ja, was sie tun müssen. Ich bin dann mal in einer Besprechung mit dem Oberarzt."

Ich nicke und hole eilig mein Buch hervor.

„So, dann legen wir mal los", verkünde ich. Auch wenn ich weiß, dass die Kinder mein Lächeln durch die Maske nicht sehen können, glaube ich, dass es meine Stimme freundlicher klingen lässt. „Ich bin Hanni, für alle von euch, die mich noch nicht kennen. Und ich lese euch heute aus *Peter Pan* von J. M. Barrie vor", erkläre ich zur Einleitung. „Kennt jemand von euch die Geschichte schon?"

Mehrere schmale Hände schnellen in die Luft.

„Sehr schön!", rufe ich freudig aus und bedeute den Kindern, dass sie die Hände wieder runternehmen können. „Aber auch wenn ihr wisst, wie es weitergeht, dürft ihr nichts verraten, ja?" Ich schaue in die Runde. „Damit es für die anderen spannend bleibt, okay?"

Eifriges Nicken von den Kleinen. Genervtes Augenrollen von den Größeren. Das fängt ja gut an!

Ich möchte schon mit dem Lesen beginnen, als mir auffällt, dass eine Hand, noch immer in die Höhe gestreckt ist. Sie gehört zu einem kleinen, blond gelockten Mädchen, das schon in der letzten Woche hier war.

„Ja?", fordere ich sie auf zu sprechen.

„Was hast du uns mitgebracht, Hanni?", fragt die Kleine. „Du hast gesagt, du hättest heute eine Überraschung für uns."

Der hoffnungsvolle Blick des Mädchens bricht mir fast das Herz. „Tut mir leid." Ich streife mir verlegen eine Strähne hinters Ohr. „Leider hat ein böser, kleiner Hund meine Überraschung kaputt gemacht."

„Buh!", ruft ein Teenager.

„Älteste Ausrede der Welt!", stimmt ihm sein Sitznachbar zu.

„Es ist die Wahrheit", sage ich seufzend. „Aber ich verspreche, dass ich sie nächste Woche mitbringe."

Die blauen Augen des Mädchens werden riesig. „Schwörst du's?"

Ich nicke. „Ich schwöre es beim Leben einer Fee!" Andächtig lege ich eine Hand auf das Buch in meinem Schoß. „Und wenn wir die Geschichte gelesen haben, werdet ihr wissen, dass das ein ganz schön ernster Schwur ist!"

6 – Kulleraugen und Konzerte

Ich höre das metallische Klimpern schon, bevor ich den 5. Stock erreiche. Gina steht vor unserer Wohnungstür und versucht, ihren Schlüssel ins Schloss zu fummeln, während Doris an der Leine ungeduldig auf und ab hopst.

„Der einzige Hund, der sich freut, wenn es wieder nach drinnen geht." Kopfschüttelnd betrachte ich die Vierbeinerin, die zur Begrüßung in meine Richtung knurrt. Ich ignoriere ihre Feindseligkeit. „Danke, dass du mit ihr draußen warst", sage ich stattdessen zu meiner Mitbewohnerin.

Gina pustet eine rote Strähne aus ihrem Gesicht und drückt mir den Schlüsselbund in die Hand. „Schließt du mal auf, damit ich dieses pelzige Biest hier im Zaum halten kann?" Sie seufzt. „Es war heute ein klitzekleiner Kampf mit ihr."

Ich beiße mir auf die Lippe. „Oje, tatsächlich? Tut mir leid." Mit einem Klicken entriegelt sich das Schloss und ich drücke gegen den Türknauf. „Was hat sie denn angestellt?"

„Ach, das Übliche. Madame hat sich gegenüber den anderen Hunden im Park ein wenig aufgespielt." Gina winkt ab. „Ich habe sie natürlich zurechtgewiesen, aber ... Es hilft nicht gerade, dass sich jedes Mal, wenn ich mit ihr schimpfe, mindestens drei Omis empört nach mir umdrehen." Sie verdreht die Augen und hebt die zappelige Hündin in ihre Arme. „Warum muss dieses Tier ausgerechnet *Doris* heißen?"

Ich lasse Gina vor mir über die Schwelle treten und versuche, das Lachen, das in meiner Kehle kitzelt, zu unterdrücken. Doch als ich mit bebenden Schultern die Wohnungstür hinter uns verriegele, merkt sie, dass ich mich kaum beherrschen kann.

„Das findest du wohl lustig, was?", schnaubt Gina. „Hat dir schon mal eine alte Dame Schläge mit ihrer Handtasche angedroht? Oder dich mit ihrem Rollator verfolgt?" Mürrisch setzt sie Doris ab und knöpft ihre Jacke auf.

„Entschuldige." Ich ringe um Ernsthaftigkeit. „Das war sicher schrecklich!" Dann, als ich mich vornüberbeuge, um meine Schuhe auszuziehen, platzt das Lachen doch aus mir heraus. Der Gedanke, dass Gina nicht nur den zickigen Hund meines Bruders, sondern auch eine Gang aufgeregter Seniorinnen in Schach halten musste, ist einfach zu komisch.

„Ja, ja, lach mich nur aus!" Gina hängt ihre Jacke und die Hundeleine an die Garderobe. „Dir helfe ich noch mal mit diesem kläffenden Dämon!" Sie stapft in die Küche. Doris trabt ihr hinterher und auch ich entledige mich meines Mantels und gehe den beiden nach.

„Sorry, ich …" Ich hole tief Luft. „Du hättest mein Kopfkino eben sehen müssen. In meiner Vorstellung war das wirklich zum Brüllen."

Gina füllt sich ein Glas an der Spüle und nimmt einen Schluck Wasser. „Ernsthaft, wie kommt man auf *Doris*?", fragt sie mit vorwurfsvollem Ton.

„Keine Ahnung." Ich zucke mit den Schultern und nehme mir ebenfalls ein Trinkglas aus dem Küchenschrank. „Meine Familie hat so ein Faible für alte Namen."

„Ach ja, stimmt ..." Jetzt ist es Gina, die sich das Grinsen nicht verkneifen kann. „Fast hätte ich es vergessen, *Hannelore*."

Ich versteife mich. „Mach ruhig so weiter, wenn du willst, dass ich dich vor Paul *Regina* nenne."

Wir starren uns an, herausfordernd und ohne zu blinzeln, während das Wasser rauschend in mein Glas läuft.

„Wo ist Paul eigentlich?", frage ich und versuche, möglichst beiläufig zu klingen. „Und Sam?"

„Die mussten los", sagt meine Mitbewohnerin, dreht mir den Rücken zu und läuft hinüber zum Esstisch. „Die Band hat heute Abend einen Gig."

„Die Band", wiederhole ich nachdenklich. Ich kann es nicht leugnen: Die Tatsache, dass Sam zu einer Band gehört, macht ihn schon irgendwie ... interessant. „Warst du schon mal auf einem ihrer Konzerte?"

„Klar." Gina nickt eifrig und lässt sich dann auf der Eckbank nieder. „Sam hat die Band noch zu unseren Schulzeiten gegründet. Ich war schon bei ihren allerersten Auftritten im Jugendzentrum." Sie zwinkert. „Ich schätze, ich bin einer ihrer treusten Fans."

„Und jetzt vielleicht ein bisschen mehr als das, oder?" Schmunzelnd setze ich mich zu ihr an den Tisch.

„Hmmm ..." Ein verruchtes Lächeln umspielt ihre Lippen, während sie ihren Gedanken nachhängt. „Ja, ich schätze nach der letzten Nacht mit Paul, bin ich das wohl." Sie zwinkert mir zu. „Schon irgendwie eine Ironie des Schicksals, wo ich doch all die Jahre hinter Sam her war."

Ich verschlucke mich fast. „Sam? Ich dachte, er wäre nur ein Freund für dich?"

„Ist er auch. Ich hatte nie eine Chance bei ihm." Sie seufzt und streckt gedankenverloren die Hand nach Doris aus, um der Hündin den Kopf zu kraulen. „Damals, als wir noch in einer Klasse waren, war er quasi der Schwarm der ganzen Schule. Ernst, dunkelhaarig, wortkarg ... so mysteriös, aber so unerreichbar." Sie schüttelt den Kopf. „Er hat sich nur für die Musik interessiert. Hat Bass gespielt, als hätte er nie etwas anderes getan. Und er hatte eine richtig, richtig heiße Stimme."

„Eine heiße Stimme?" Meine Gedanken wandern zu meinem letzten Gespräch mit Sam und gleich darauf zu seiner warmen Haut an diesem Morgen. Ich schüttele die Erinnerung ab. „Ist er etwa Sänger? Mir hat er gesagt, er wäre ... Roadie? Veranstaltungstechniker? Irgend sowas?"

Gina nickt. „Ja, er steht nicht mehr mit den Jungs auf der Bühne. Er ist eher im Hintergrund. Organisiert die Gigs, kümmert sich um die Technik und die Instrumente ..."

„Warum?", hake ich nach.

Sie wiegt den Kopf hin und her und nimmt einen Schluck aus ihrem Wasserglas: „Lange Geschichte. Er wollte einfach nicht mehr im Rampenlicht stehen. Und dann kam Paul in die Band und hat ihn als Leadsänger ersetzt."

„Ersetzt ..." Auch ich nippe nun an meinem Getränk. „Verstehe."

„Apropos. Paul hat mich ..." Gina wackelt mit den Augenbrauen und ich befürchte schon, ein schlüpfriges Detail zu erfahren, von dem ich lieber nichts wissen will. „Er hat mich für heute Abend auf die Gästeliste gesetzt! Und dich auch!"

„Was?" Ich blinzele. „Wieso?"

Gina ignoriert meine Frage und plappert munter weiter. „Sie spielen im *Starlight*! Das wird richtig cool!"

Das *Starlight* oder eigentlich der *Starlight Club* ist eine Location am Rand der Stadt. Halb Bar, halb Disco, gelegentlich mit Livemusik. Ich war dort schon Ewigkeiten nicht mehr feiern. Der Club ist nicht so ganz mein Ding.

„Ich weiß nicht, Gina." Ich schwenke mein Wasserglas. „Ins *Starlight*? Und welche Art von Musik spielen die Jungs überhaupt?"

„Rock", ist ihre nüchterne Antwort.

„Sehr präzise", kommentiere ich.

„Ach, was weiß ich, Hanni ... Classicrock? Hardrock? Deutschrock?" Sie hebt ratlos die Hände. „Sie covern Songs, die schon immer gut waren. Und solche, die cool waren, als wir noch cool sein wollten."

Meine Reaktion auf diese Erläuterung scheint nicht ihren Erwartungen zu entsprechen, denn sie fügt eilig hinzu: „Man hat wirklich Spaß bei ihren Auftritten! Die Jungs werden richtig oft von Clubs und Kneipen und sogar für Feste gebucht."

„Aha ..." Ich weiß noch immer nicht so recht, ob mich das reizt.

„Komm schon! Wie oft steht man bei einem Konzert auf der Gästeliste?" Ginas Kulleraugen weiten sich und aus ihren Lippen wird ein kleiner Schmollmund. „Bitte Hanni ... Da kriegen wir einmal das VIP-Treatment!"

„VIP ..." Ich bin versucht, nachzugeben, aber dann fällt mir etwas anderes ein. „Wie kommen wir zu dieser Ehre?", frage ich spitz.

„Wie meinst du das?" Mit ihrer Unschuldsmiene gibt sie sich alle Mühe, aber ich kenne Gina gut genug, um zu wissen, dass ich genau die richtige Frage gestellt habe.

„Wie sind wir beide auf der Gästeliste gelandet, Gina?", hake ich nach.

Sie weicht meinem Blick aus. „Na ja, also ..." Sie holt tief Luft. „Die Hotelreservierung der Jungs hat sich komplett zerschlagen und sie finden so kurzfristig keine neue Unterkunft. Jedenfalls nicht Sam und Paul. Die anderen Bandmitglieder konnten bei ihren Familien unter..."

„Ginaaa ...", tadele ich sie. „Was hast du ihnen versprochen?"

„Na gut, okay." Gina schürzt ihre Lippen. „Ich habe ihnen gesagt, dass sie noch ein paar Nächte hierbleiben können."

„Ein paar Nächte?", wiederhole ich empört. „HIER?" Ich springe von meinem Sitz auf. „Ohne das vorher mit mir zu besprechen?"

„Sie sind doch Freunde!", wirft Gina ein.

„*Deine* Freunde!", korrigiere ich.

„Ach, komm schon. Sam und Paul sind wirklich beide ganz nett!", versucht sie, mich für sich zu gewinnen. „Komm doch heute Abend mit und lerne sie ein bisschen besser kennen!"

„Ich müsste sie schon sehr viel besser kennenlernen, um noch mal einen von ihnen neben mir schlafen zu lassen!" Empört verschränke ich die Arme vor der Brust.

Gina blinzelt. „Du hast dich mit Sam doch gut verstanden!"

„Was? Wie kommst du darauf?" Ich traue meinen Ohren nicht. „Er hat meinen Feenstaub auf dem Gewissen!"

„Das war ja wohl der Köter!" Sie nickt in Doris' Richtung.

„Sam hat sie provoziert." Ich weiche nicht von meiner Abwehrhaltung ab.

„Seit wann verteidigst du den Höllenhund?" Gina lacht auf. „Und außerdem tust du Sam unrecht. Er kann ja wohl nicht wissen, dass die Promenadenmischung so eskaliert! Außerdem hat er sich entschuldigt und dich zu deinem Termin chauffiert. Jetzt lass es mal gut sein!"

Ich rümpfe die Nase. „Meine ganze Arbeit war umsonst. Ich muss mit den Gläschen noch mal von vorn anfangen!"

„Das ist doch kein Weltuntergang!" Gina verdreht die Augen. „Das bisschen Glitzer!"

„Es war nicht nur ein bisschen!", entgegne ich stur.

„Stimmt, da hast du recht." Sie verzieht den Mund. „Paul, Sam und ich haben nämlich eine halbe Ewigkeit gebraucht, um das alles zusammenzukehren." Gina sieht sich in der Küche um. „Wahrscheinlich werden wir noch wochenlang Glitzer und Scherben finden."

Der vorwurfsvolle Blick, den sie mir daraufhin zuwirft, verfehlt seine Wirkung nicht. Ich beiße mir auf die Lippe. Warum hat Gina, egal worüber wir diskutieren, am Ende immer ein Ass im Ärmel? Weil mir nichts einfällt, was ich ihr entgegnen könnte, bleibe ich still.

„Übrigens hat Sam heute sehr wohlwollend über dich gesprochen, als er vom Krankenhaus zurückkam", sagt sie dann.

„H-Hat er?", stammele ich und versuche, mit einem Husten meine Verlegenheit zu überspielen.

Gina feixt. „Ja. Er findet deine Wohltätigkeit ziemlich …" Sie gibt vor zu überlegen, doch der Schalk tanzt schon in ihren Augen. „Attraktiv."

„Mach dich nicht lächerlich!" Damit sie die Röte in meinem Gesicht nicht sieht, marschiere ich zum Kühlschrank.

Meine Mitbewohnerin schnaubt. „Ich bin nicht diejenige, die sich lächerlich macht!"

Ich tue so, als würde ich einen Becher Joghurt suchen. „Was auch immer du damit meinst ..."

Plötzlich ist sie direkt neben mir. „Mir kannst du nichts vormachen!" Sie kneift mich in die Schulter. „Da war doch was zwischen euch letzte Nacht ..." Ihre Augen leuchten erwartungsvoll.

Wenn Gina einmal die Fährte einer peinlichen Geschichte aufgenommen hat, kann man sie nicht mehr davon losreißen.

„Da war gar nichts", versuche ich, ihr trotzdem auszuweichen, schnappe mir den nächstbesten Behälter aus dem Kühlschrank und einen Löffel aus der Besteckschublade.

„Pah!" Sie folgt mir zurück an den Tisch und lässt sich auf die Bank plumpsen. „Sam war auch schon so ... Hat ganz komisch reagiert, als ich ihn gefragt habe, wie er geschlafen hat."

Ich schlucke. „Gut."

„Gut?" Ginas Mund öffnet sich, bereit zu einem triumphierenden Aufschrei. „Ich wusste es!"

Ich möchte mir am liebsten die Zunge abbeißen. „Ich meine damit, er hat gut geschlafen. Und das ist ... doch ... gut, oder?"

Meine Mitbewohnerin bricht in Gelächter aus. „Oh mein Gott, ihr habt es getan!", quiekt sie.

„Nein!" Mein Gesicht muss hochrot sein, jedenfalls fühlt es sich so an. „Nein, haben wir nicht. Wirklich nicht."

„Was dann?" Sie beugt sich verschwörerisch über die Tischplatte. „Hast du im Schlaf geredet? Gestöhnt? Hattest du so einen sexy Traum?"

„Was? Nein!" Ich schüttele vehement den Kopf. „Gott! Gina!"

„Hätte ja sein können!" Sie zuckt mit den Schultern. „Was war's dann?"

„Es war …" Ich verdrehe die Augen. „Es war nichts Wildes, okay? Es war nur beim Aufwachen ein wenig … peinlich."

„Peinlich?" Eigentlich wollte ich sie ablenken, doch jetzt klingt sie noch interessierter.

Ich beschließe dennoch, nichts weiter zu verraten. „Vergiss es, okay? Was immer du dir ausmalst, es war nicht halb so spektakulär."

„Nicht so *spektakulär*?", wiederholt sie und schaut mich amüsiert an. „Und warum versuchst du dann gerade, Senf zu löffeln?"

Ich lasse abrupt die Hand sinken, mit der ich mir just in diesem Moment die gelbe Paste in den Mund stecken wollte. Ich hätte schwören können, dass ich mir einen Joghurtbecher genommen habe.

„Mädchen, Mädchen …" Gina schüttelt den Kopf. „Aber wenn du dabei bleiben willst, dass es zwischen Sam und dir total *unspektakulär* war, kannst du ja gegen eine weitere *unspektakuläre* Nacht nichts einzuwenden haben, oder?" Mit einem selbstsicheren Lächeln erhebt sie sich von der Eckbank.

„Ach ja." Sie hält in der Küchentür inne. „Um halb 8 möchte ich los zum Konzert."

„Ich habe überhaupt noch nicht gesagt, dass ich mitkomme!", gifte ich sie an.

„Wenn du nicht mitgehst, musst du mich zumindest hinfahren", urteilt Gina. „Vor den Omis wegzulaufen, war genug Kardio für heute." Sie schnieft theatralisch. „Ich habe mich total verausgabt, um das Hündchen zu retten." Sie kichert und ist im nächsten Moment aus der Tür.

Ich starre zu Doris, die sich gerade in ihrem Hundebett streckt. „Du bist die Wurzel allen Übels in diesem Haus, weißt du das eigentlich?"

7 – Ein warmes Frösteln

„Warum habe ich mich *darauf* eingelassen?", seufze ich, als wir später nach einer kurzen, aber kostspieligen Taxifahrt in der Schlange vor dem *Starlight Club* stehen.

„Weil du nichts Besseres vorhast." Gina wippt auf ihren Pumps hin und her und reibt über ihre kaum bedeckten Arme. „Was an einem Samstagabend schon irgendwie bedenklich ist."

„Ich meine die Klamotten", murre ich. „Mir ist kalt."

„Ach, heul leiser, Hanni", weist sie mich bibbernd zurecht. „Nur die Harten kommen in den Garten!"

Ich schnaube. „Oh, schau, das Espenlaub spricht!"

Sie funkelt mich an ... und schließlich brechen wir beide in Gelächter aus. Wir haben an diesem kühlen Frühlingsabend beide nur dünne Jacken an. Jacken, die verzichtbar sind. Denn entweder müssen wir sie uns später um die Hüften binden oder wir müssen davon ausgehen, dass sie an der vermutlich schlecht bewachten Garderobe geklaut werden. So oder so lohnt es sich nicht, etwas Gescheites, etwas Wärmendes, obendrüber zu tragen.

Von den Party-Outfits darunter ganz zu schweigen.

Nachdem Gina die erste Kombination, die ich für den Abend aus dem Schrank gefischt hatte, für *nicht rockkonzerttauglich* befunden hatte, hat sie mir einen engen Hauch von Nichts aus ihrem Fundus aufgeschwatzt. Das gerippte, schwarze Minikleid reicht kaum bis zur Mitte meiner Oberschenkel. Unter der Leihgabe bibbern meine Beine in einer kunstvoll zerrissenen Strumpfhose – ebenfalls von Gina. Lediglich bei den Schuhen habe ich mich durchgesetzt: Ich trage wieder meine schwarzen Schnürstiefeletten – entgegen Ginas Einwänden, dass ich am Ende des Abends Käsefüße haben werde. Lieber schwitze ich in meinen Schuhen, als von irgendwelchen hohen Hacken Blasen zu kriegen.

„Warm wird uns wohl nicht mehr, aber dafür sehen wir umso heißer aus", verkündet meine Freundin selbstbewusst und zupft an ihrem knappen Rock aus Kunstleder. Das Top, das sie unter ihrer dünnen Hemdjacke versteckt, hat die Optik eines Mieders. Sie hat sich wirklich in Schale geworfen für Paul.

„Es könnte hier echt mal vorwärtsgehen!", keuche ich und sehe meinen Atem in feinen Wölkchen vor mir aufsteigen. „Sonst habe ich eine Blasenentzündung, bevor wir drin sind!" Ich schlinge den dünnen Strick meines ausgeleierten Cardigans enger um mich – und fühle mich kein bisschen wärmer.

Gina seufzt. „Du hast recht. Komm!" Sie zieht mich am Ärmel aus der Reihe. „Wir stehen schließlich auf der Liste. Wir haben es nicht nötig, hier Frostbeulen zu kriegen!"

Vorbei an rund sechzig Leuten, die protestieren und uns böse Blicke zuwerfen, zerrt Gina mich an die Spitze der Schlange.

Die zum Teil wüsten Bemerkungen, die uns an den Kopf geworfen werden, prallen völlig an ihr ab. Mit ihrer wehenden, roten Lockenmähne schreitet sie auf den Eingang zu, wo ein großer, bärtiger Typ mit Schiebermütze den Einlass regelt.

„Hallo!" Sie wirft ihr Haar über die Schulter und lächelt den Türsteher an. „Wir stehen auf der Gästeliste."

Der grimmig aussehende Mann hebt eine Augenbraue. „Auf der Gästeliste?" Sein forschender Blick trifft erst Gina, dann mich. „Wie alt seid ihr überhaupt?" Er rollt seine massigen Schultern unter der Bomberjacke. „Ausweise!"

Gina kichert. „Das ist ja schon Jahre her, dass mich einer *gecarded* hat." Sie greift in ihre metallisch glänzende Hüfttasche. „Danke für das Kompliment!" Zwinkernd hält sie dem Kerl ihren Perso hin.

Auch ich wühle mit klammen Fingern in meinem Umhängetäschchen. Meine Hände sind so kalt, dass ich es beim ersten Versuch nicht schaffe, meinen Geldbeutel zu greifen. Als ich das Etui schließlich hervorhole und die Plastikkarte aus ihrem Fach fummele, kann ich die Ungeduld des Türstehers förmlich spüren.

„Regina ... 26 ... und Hannelore?" Die Lippen des ernsten Mannes kräuseln sich. „Ist das ein gefälschter Ausweis oder hassen dich deine Eltern wirklich?"

Ich entblöße meine Zähne und hoffe, es sieht mehr nach einem Grinsen als nach einem Fletschen aus. „Hanni ist mein Rufname", antworte ich bemüht freundlich.

„Hanni. So, so. Vierundzwanzig Jahre alt ..." Er schaut zwischen uns hin und her. „Na gut, Mädels. Ihr seid vielleicht alt genug, aber rein kommt ihr trotzdem nicht. Gibt keine Gästeliste. Zurück ans Ende der Schlange mit euch."

Ein schadenfrohes Lachen kommt aus der Reihe der Wartenden. Gina ignoriert es.

„Unsinn", widerspricht sie und reckt ihr Kinn in die Höhe. Obwohl der Mann, der den Zutritt kontrolliert, sie um fast drei Köpfe überragt, lässt sie sich nicht beirren. „Paul Kowalski, der Leadsänger hat mich persönlich eingeladen. Check noch mal, ob da wirklich keine Liste ist."

Der Blick des Türstehers wird finsterer und bohrt sich regelrecht in Gina hinein. Sie hält ihm Stand, blinzelt nicht einmal.

„Der Leadsänger ...", brummt der Mann, greift in seine Jackentasche und zieht ein Handy hervor. „Ein einziges Mal werde ich fragen, Rotschopf. Aber wenn du mich anflunkerst, fliegt ihr." Er tippt auf seinem Display herum und hält sich kurz darauf das Gerät ans Ohr.

„Danke", flötet Gina.

„Hallo? Ich bin's, vom Einlass", beginnt der Türsteher sein Telefonat. „Ich habe hier zwei Groupies, die behaupten auf irgendeiner Liste zu stehen ..."

Ich will protestieren, weil ich definitiv kein Groupie bin, aber Gina stößt ihren Ellenbogen in meine Seite, ehe ich etwas sagen kann. Ich beiße mir auf die Zunge. Das ist so peinlich ...

„Wie sie aussehen?" Der Mann kratzt sich den Bart, während er uns beäugt. „Eine Brillenschlange mit kaputten Strumpfhosen und eine Rothaarige mit zu viel Selbstbewusstsein."

„Hey!", bricht es jetzt doch aus mir heraus.

„Bleib cool, Girlfriend", ermahnt mich Gina und legt einen Arm um meine Schultern. „Willst du rein oder hier weiter frieren?", zischt sie mir ins Ohr.

Ich schlucke meinen Ärger herunter.

Brillenschlange. So hatte mich seit der Grundschule niemand mehr genannt. Was fällt diesem Kerl ein?

Während ich den Türsteher mit Blicken töte, beendet er sein Gespräch und legt auf. „Der Manager kommt. Stellt euch an die Seite." Er deutet auf ein Mülleimer neben der Eingangstür, zu dem wir uns gesellen sollen. Gina nickt und zerrt mich dorthin.

„Sehr gut. Gleich haben wir's geschafft", freut sie sich und reibt sich die Finger.

Ich schnaube. „Falls der Manager uns reinlässt."

„Was redest du da?" Gina blinzelt mich verwundert an. „Natürlich lässt er uns rein!"

Ich will sie gerade fragen, wie sie da so sicher sein kann, als ich eine allzu bekannte Stimme höre.

„Hi Gina! Cool, dass ihr gekommen seid." Sam steht plötzlich direkt hinter mir und bewirkt damit, dass sich mir die Nackenhaare aufstellen.

Langsam, ganz langsam, drehe ich mich zu ihm herum.

„Hanni", sagt er und nickt mir zu.

Ich nicke zurück. „B-Bist du der Manager?", frage ich und hoffe, dass er mein Stammeln als Bibbern interpretiert.

„Wer hat euch denn das erzählt?" Seine Augen glänzen belustigt. „Ich bemühe mich ja, die Band zu managen, aber ... Eigentlich tauge ich nur zum Auf- und Abbau der Technik." Er lacht und es ist, als könnte ich den warmen Hauch seines Atems spüren.

Für einen Moment lasse ich mich von seinem Lachen anstecken. Doch kaum, dass mir das kleine Kichern entschlüpft ist, spüre ich Ginas interessierten Blick auf mir und räuspere mich.

Ich sollte mich wirklich nicht hinreißen lassen. Mag ja sein, dass Sam und ich uns unbeabsichtigt nahegekommen sind und dass er vielleicht einigermaßen nett zu mir war. Und vielleicht bin ich ihm auch gar nicht mehr so unheimlich böse wegen des Feenstaub-Debakels, aber ... Aber all das heißt ja nicht, dass ich jetzt wie ein naives, kleines Mädchen anfangen muss, für den coolen Typen aus der Band zu schwärmen.

Auch wenn er heute Abend besonders gut aussieht.

Er trägt wieder eine dunkle Jeans und hat sein weißes Shirt gegen ein graues getauscht. Im Gegensatz zu uns beiden hat er sich aber eine anständige Jacke darüber gezogen. Flanell, der innen schön flauschig ist. Ich würde mich gerade am liebsten an ihn schmiegen.

„Hier, die sind für euch." Sam kramt zwei Backstage-Pässe, die jeweils an einer Art Schlüsselband befestigt sind, aus seiner Jackentasche. Einen reicht er Gina, den anderen gibt er mir. „Und jetzt kommt mit rein. Ist ziemlich frisch hier draußen." Er fährt sich durch das dunkle Haar, das noch immer etwas glitzert und so wirkt, als wäre er gerade erst aufgestanden. Und für einen ganz, ganz kurzen Moment habe ich das fast schon überwältigende Bedürfnis, auch meine Hand in seinen Locken zu versenken.

Als ich mich nicht sofort in Bewegung setze, um Sam zu folgen, verpasst mir Gina einen Stoß.

„Was ist los, Hanni? Bist du beim *spektakulären* Anblick von unserem lieben Sam festgefroren?", flüstert sie mir lachend zu. „Na los!" Sie hakt sich bei mir unter. „Drinnen spielt die Musik!"

8 – Wie glänzende Fische

Meine Brille beschlägt, als wir den Club betreten. Für einen Moment blicke ich wie durch einen Schleier, dann nehme ich die Sehhilfe ab und wische mit einem Zipfel meines Kleides über die Gläser, bevor ich sie wieder aufsetze.

Nun kann ich meine neue Umgebung betrachten. Es ist wirklich lange her, dass ich im *Starlight* war. Die Inneneinrichtung hat sich in den letzten Jahren ziemlich verändert.

In der Nähe des Einlasses befindet sich jetzt eine Reihe hoher Tische, an denen schon die ersten Gäste mit ihren Drinks stehen. Zwei Bars – eine für Cocktails, eine für den Bierausschank – säumen neben einer Art riesigem, geschwungenem Sofa die große, kreisförmige Tanzfläche. Das Podest, das wohl sonst einem DJ als Bühne dient, wurde mit Anbauten für die Band erweitert. Genau über den Instrumenten baumelt eine riesige, sich drehende Discokugel. Tausende kleine Strahlen funkelnden Lichts werden von ihr in den Raum geworfen. Sie tanzen über die Wände und den Boden wie ein Schwarm glänzender Fische.

Es ist wirklich ... schön.

Ich bleibe einen Moment stehen und lasse den Anblick auf mich wirken. Wenn sich der Club erst einmal mit den ganzen Konzertbesuchern füllt, wird sich diese unwirkliche Atmosphäre verflüchtigen.

„Hey, Hanni, was treibst du denn?", ruft mir Gina von der Cocktailbar zu. „Lass uns was trinken!"

Etwas widerstrebend reiße ich mich los und gehe zu ihr. Sam steht auch an der Theke und schaut mich mit einem unergründlichen Ausdruck an.

„Sorry", sage ich schnell. „Ich habe mich nur kurz umgesehen."

„Ist viel cooler als früher, oder?", meint Gina enthusiastisch. „Echt super, dass ihr hier spielen dürft."

„Ja ..." Sam kratzt sich am Kinn. „Ist ein netter Gig für die Band. Und das Team hier arbeitet echt professionell." Wie um seine Aussage zu betonen, nickt er dem Barkeeper zu. „Ist nicht selbstverständlich. Da haben wir mit anderen Veranstaltern schon ganz andere Erfahrungen gemacht."

„Der Türsteher könnte freundlicher sein", murre ich.

Sam hebt eine Augenbraue. „Tja, ich fürchte, es ist nicht der Job eines Bouncers, freundlich zu sein. Er muss respekteinflößend sein."

„Man kann auch freundlich und Respekt einflößend sein!", gebe ich zurück.

Sam runzelt die Stirn. Dann grinst er mich herausfordernd an. „Bist du da Expertin für?"

„Oh, und ob sie das ist!", mischt sich Gina ein. „Hanni regelt schließlich den Einlass im Studio!"

„Im Studio?" Sam sieht erst mich und dann meine Freundin verblüfft an. „Wie? Etwa in dem Fitnessstudio, in dem du Trainerin bist?"

Das hat gesessen.

Er hätte mir auch direkt sagen können, dass ich unsportlich aussehe.

Gina scheint diese unterschwellige Botschaft komplett entgangen zu sein. Sie legt einen Arm um mich und sagt zu Sam: „Ja! Wir sind Work Besties!"

„Verstehe." Sam lächelt ein wenig unsicher. „Irgendwie dachte ich ..." Er spricht den Satz nicht zu Ende.

„Was dachtest du?" Gina lässt nicht locker und drückt mich fester an sich.

Sam fährt durch sein Haar. „Ich dachte, dass ..." Er sucht meinen Blick. „Irgendwie dachte ich, du hast beruflich was mit Büchern zu tun. Das mit dem Sportstudio, das ..."

„Passt nicht zu mir?", beende ich den Satz für ihn.

„Das habe ich nicht gesagt!", wehrt er ab.

„Aber gemeint!" Ich funkele ihn durch meine Brille an.

Er seufzt. „Ich dachte halt, das mit dem Vorlesen im Krankenhaus ... und du trägst diese Brille ..."

Gina lacht. „Ich weiß, was du meinst!"

„Hey!", empöre ich mich. „Nur weil man Brille trägt, ist man nicht automatisch ein Bücherwurm oder ein Nerd oder sowas!"

„Aber du *bist* ein Bücherwurm!" Sie grinst mich an, dann wendet sie sich an Sam. „Sie liest den ganzen Tag hinter der Rezeption in irgendwelchen dicken Schinken. Mit den Bänden, die sie verschlingt, könnte man Krafttraining machen."

Ich öffne den Mund, um zu widersprechen, weiß aber im Grunde nicht, was ich darauf erwidern soll.

„Sie will eigentlich Hörbuchsprecherin sein", fährt Gina unbekümmert fort.

„Hey!", protestiere ich wieder. „Das braucht nicht jeder zu wissen!", zische ich ihr zu.

„Wieso nicht?" Sie blinzelt mich verwundert an. „Gerade Sam könnte dir da weiterhelfen. Er kennt sich mit Tontechnik aus und hat eine professionelle Gesangsausbildung!"

Ich starre Sam an. „Hast du?"

Er zuckt mit den Schultern. „Ist nichts Besonderes."

„Und ob!" Gina schüttelt den Kopf. „Meine Güte, ihr zwei übertrefft euch ja darin, euer Licht unter den Scheffel zu stellen! Was für ein trauriges Paar!"

Meine Wangen werden heiß und im schummrigen Licht des Clubs kommt es mir so vor, als würde auch Sam etwas erröten.

„Ein Vodka Lemon!", unterbricht der Barkeeper das Gespräch und stellt den Drink vor uns auf die Theke.

„Oh, das ist meiner!", freut sich meine Mitbewohnerin, lässt mich los und nimmt das eisgekühlte Getränk vom Tresen. „Mmhhh, lecker!", jauchzt sie nach ihrem ersten Schluck. „Ich habe dir einen Gin Tonic bestellt, Hanni. Hoffe, das war richtig so", informiert sie mich.

„Ähh, ja, danke." Ich hatte mir noch nicht überlegt, was ich trinken möchte. Aber ich schätze, einen Gin Tonic kann ich vertragen.

„Eigentlich will ich ja mit euch anstoßen, aber ich würde gern kurz zu Paul, bevor die Show losgeht", erklärt Gina. „Ist es möglich, dass ich kurz hinter die Bühne gehe?"

„Klar. Alles, was Paul von seinem Lampenfieber ablenkt." Sam zuckt mit den Schultern. „Du musst nur da drüben durch." Er deutet in Richtung einer Tür, die beinahe unsichtbar in die dunkel gestrichene Wand neben der Bühne eingelassen ist. „Du musst deinen Pass vor den Scanner halten." Er zupft an dem Band um Ginas Hals, an dessen Ende die eingeschweißte Karte mit dem Strichcode hängt.

„Alles klar!" Gina tippt sich an die Stirn. „Dann sehe ich mal nach meinem Rockstar!"

Sie zwinkert mir zu und lässt mich mit Sam an der Bar stehen. Unsicher werfe ich ihm einen Blick zu.

„Du warst also mal Sänger?", versuche ich mich an etwas Small Talk. Vielleicht schaffen wir es ja, uns ohne große Peinlichkeiten Gesellschaft zu leisten. Zumindest bis unsere Drinks da sind.

„Jepp." Sam klopft mit den Fingerspitzen auf die Theke.

„Und das hat dir keinen Spaß mehr gemacht?" Weil mir das Stehen zu unbequem wird, ziehe ich mich auf einen der hohen Barstühle.

„Nope." Er wirft mir einen kurzen Seitenblick zu. „Es hat ..." Er scheint zu überlegen, wie er seinen nächsten Satz formuliert. „Es hat seinen Reiz verloren."

„Okay", antworte ich und beschließe, nicht weiter nachzufragen. Irgendwie habe ich das Gefühl, ihn nicht gut genug zu kennen, um seine tieferen Beweggründe zu erfahren.

Eine seltsame Stille entsteht zwischen uns.

„Ähm, als Roadie ...", beginnt Sam dankenswerterweise wieder zu sprechen. „Als Roadie baue ich die Instrumente und unser Equipment auf und stimme mich mit den Technikern der Location ab. Und dann stehe ich eigentlich hauptsächlich herum, schaue mir die Show an, bis wieder Zeit für den Abbau ist. Das kann ich gut." Er zwinkert. „Das mit dem Management ... Das Booking und das ganze Kommunikationszeug, das liegt mir nicht so." Er lacht hohl.

„Deswegen hat das gestern mit dem Hotel auch nicht geklappt. Ich hatte der Unterkunft das falsche Datum durchgegeben." Er kratzt sich am Kinn. „Ich bin echt ziemlich froh, dass sich das mit Gina ... und mit dir ... ergeben hat. Paul und ich hätten ohne euch echt keinen Platz zum Pennen." Sam wirft mir einen Blick zu, der gleichermaßen entschuldigend als auch dankbar ist.

Ich nicke und der Teil von mir, der vehement dagegen war, dass Sam und sein Bandkollege noch mal in unserer WG übernachten, krümelt. „Verstehe."

Sam schält sich aus seiner Jacke und erst jetzt fällt mir der kleine Print auf der Brusttasche seines Shirts auf. Unter zwei gekreuzten Gitarren steht dort in verschlungenen Lettern ...

„*Sorry Sam?*", lese ich laut vor. „Ist das ... der Name der Band?"

Sam lacht auf und lässt sich auf dem Barstuhl neben mir nieder. „Ja! Fällt dir das gerade zum ersten Mal auf?"

„Ich, ähm ..." Etwas verlegen ringe ich mit den Worten. Vermutlich hätte ich Gina danach fragen oder auf die Poster am Einlass achten sollen.

Sam hält sich die Hand vor den Mund. Sein Oberkörper bebt vor Lachen. „Du gehst auf ein Konzert und fragst nicht einmal nach dem Namen der Band?"

„Ich habe nur Gina begleitet!", versuche ich, mich aus der Bredouille zu ziehen.

„Wow ..." Er reibt sich die Augen. „So jemand wie du ist mir echt noch nicht untergekommen ..."

Ich ignoriere den Spott in seiner Stimme. „Warum *Sorry Sam?*", frage ich stattdessen.

Er sieht mich mit einem amüsierten Funkeln in den Augen an. „Weil mir jeder der Hornochsen, die später auf dieser Bühne spielen, mindestens eine Entschuldigung schuldet."

Ich hebe eine Braue. „Ach, wirklich?"

„Ja, wirklich", antwortet er mir und lehnt sich ein Stückchen in meine Richtung. Die Lichter der Discokugel tanzen über seine Wangen, die plötzlich so nah sind, dass ich nur eine Hand heben müsste, um sie zu berühren. Ich starre auf die Lichtpunkte, die hier und da ein Überbleibsel des Glitzers von heute Morgen finden und zum Glänzen bringen.

Sam scheint sich im selben Moment der Nähe zwischen uns bewusst zu werden. Sein Grinsen verfliegt und sein Blick wird ganz anders. Wie ein tiefes Dunkel, in dem man ertrinken könnte.

„Gin Tonic!", grätscht der Barkeeper dazwischen und reißt uns aus dem Moment.

Ich greife automatisch nach dem Glas. So wie Sam.

„Sorry!" Als sich unsere Finger streifen, schrecke ich zurück. „Ich dachte, der wäre für mich."

„Alles gut, nimm nur", sagt Sam und zieht ebenfalls seine Hand zurück.

„Ich bin nicht sehr durstig", wehre ich ab.

„Ladies first", besteht er und ich wundere mich ein wenig, dass er so zuvorkommend ist.

Gleichzeitig fühle ich mich an etwas erinnert.

„Sicher, dass du deine gute Erziehung an mich vergeuden willst?", frage ich scherzhaft, während ich nun doch nach dem Drink greife.

Etwas flackert in seinen Augen.

„Nun, wenn du es so formulierst ..." Er schnappt mir den Drink aus der Hand. „Vielleicht sollte ich mir die Galanterie für jemand anderes aufheben." Grinsend nimmt er einen Schluck.

Ich starre ihn an und kann nicht verhindern, dass es meine Mundwinkel nach oben zieht. „Gut, dann sind wir ja quitt!"

„Quitt?", fragt Sam, bevor er einen weiteren Schluck nimmt.

„Ja!" Ich gestikuliere mit den Händen. „Ich war heute Morgen *ungeduldig* und *dickköpfig* und *pampig.*" Ich betone jedes Wort, um zu verdeutlichen, dass ich seine Einschätzung meines Wesens keineswegs vergessen habe. „Und du warst gerade alles andere als ein Gentleman." Ich klatsche in die Hände. „Also sind wir jetzt quitt!"

„Du denkst, du kommst mit einem Drink davon?" Sam hebt eine Augenbraue. „Ich habe dich zu deinem Termin gefahren."

„Aber du hast auch meine Gläser kaputtgemacht!", gebe ich zurück.

„Das war ..." Er rauft sich das Haar. „Das war eure Hündin!"

Ich bleibe hartnäckig. „Du hast sie aufgeschreckt!"

Er schüttelt den Kopf, lacht aber dabei. „Woher hätte ich wissen sollen, dass sie so reagiert?"

Schulterzuckend ignoriere ich seinen Einwand. „Und außerdem hast du mich nicht pünktlich zu meinem Termin gebracht!"

Sam rauft sich die Haare. „Das war ja wohl höhere Gewalt!"

Ich lache auf. „Höhere Gewalt? Was ist das bitte für eine Ausrede?"

„Und welche Ausrede hast du?" Er senkt die Stimme. „Dafür dass du mich im Schlaf überfallen hast?"

„Das ..." Ich beiße mir auf die Lippe. „Das zählt nicht!"

„Ach nein?" Er prostet jemandem, den ich nicht sehen kann, zu und nimmt einen großen Schluck Gin Tonic. „Und wer entscheidet das? Was zählt und was nicht?" Sein Blick wird wieder dunkler, intensiver.

Ich bete, dass die atmosphärische Beleuchtung meine glühende Haut verschleiert. „Schlafen zählt nicht, das weiß jeder."

„Ach so." Er grinst. „Und was ist mit ... Tanzen?"

„T-Tanzen?", wiederhole ich perplex.

„Ja!" Er lehnt sich auf seinem Stuhl zurück. „Ich finde, du schuldest mir für diesen nächtlichen Angriff einen Tanz."

Ich schnaube. „Träum weiter! Sei froh, dass du bei mir schlafen durftest!"

„Oh, das bin ich, Goldmarie" Er zwinkert mir über den Rand seines Glases zu.

Die Erinnerung an die letzte Situation, in der er mich so genannt hat, überkommt mich glühend heiß. Die Rettung vor der nächsten Blamage kommt in Form des Barkeepers, der jetzt einen zweiten Gin Tonic, *meinen* Gin Tonic, vor uns abstellt.

Ich greife schnell nach dem Glas und nehme einen großen Schluck davon. Der eiskalte Drink bringt mir ein bisschen Klarheit.

Sam sieht mich mit unverhohlenem Amüsement über den Rand seines Glases an. „Das heißt, wir tanzen nachher?"

„Nein." Ich schüttele den Kopf und ermahne mein rasendes Herz, sich zu beruhigen. „So weit reicht mein schlechtes Gewissen dann doch nicht."

„Schade", seufzt Sam, aber der Zug um seinen Mund bleibt fröhlich. Er leert sein Glas in einem Zug und stellt es auf die Theke. „Dann müssen wir wohl einen anderen Weg finden, um unsere Rechnung zu begleichen." Er steht von seinem Hocker auf und macht einen Schritt auf mich zu. „Bis später, Hanni", sagt er nah an meinem Ohr und jagt mir damit einen Schauer über den Rücken. „Ich muss nach meiner Band sehen."

Ich bin zu geschockt von der Reaktion meines Körpers, um etwas zu erwidern. Ich kann ihm nur hinterhersehen, als er in Richtung des Backstage-Eingangs verschwindet.

9 – Flimmern und Flüstern

Ich nippe noch an meinem Gin Tonic, als Gina zurückkehrt. Ihre Wangen glühen und ihre Augen glänzen.

„Gleich geht's los!", jubelt sie, als sie sich neben mir an die Bar zwängt. Die benachbarten Hocker sind längst besetzt.

Der Club ist mittlerweile so voll, dass man sich kaum bewegen kann, ohne einen anderen Menschen zu berühren.

„Wie geht's Paul?", frage ich.

„Er ist super aufgeregt." Sie kichert und winkt nach dem Barkeeper. „Total niedlich irgendwie."

Niedlich.

Während meine Mitbewohnerin sich ein neues Getränk ordert, denke ich über diese Bezeichnung nach.

Niedlich will so gar nicht zu dem großen, blonden Mann in Leder-Montur passen, den sie gestern mit nach Hause gebracht hat. Andererseits ... Wenn ich daran denke, wie er in Ginas geblümtem Bademantel aussah, scheint es doch irgendwie Potenzial für Niedlichkeit zu geben. Vermutlich ist er einer dieser Typen, die sich nach außen tougher geben, als sie es wirklich sind.

So wie Sam ...

Gestern kam er mir noch ziemlich ernst und fast ein wenig kühl vor. Aber heute Abend ... Mit seiner Bitte um einen Tanz, aber vor allem mit seinem Lächeln und seinen Blicken hat er alle möglichen Gefühle in mir aufgewühlt.

„Da kommen sie!" Gina hopst auf und ab, als die Band die Bühne betritt.

Rufe, Jubel und Applaus branden um uns herum auf. Menschen springen in die Luft und bringen den Boden zum Beben.

Paul wirft eine Kusshand in die Menge und klemmt sein Mikrofon in die dafür bereitstehende Halterung. „Yeah, *Starlight Club*!", ruft er prompt hinein. „Wie geht's euch?"

Ich lache auf. „Meintest du nicht gerade noch, er wäre total nervös?", frage ich Gina. „Der liebt es doch, im Mittelpunkt zu stehen!"

Sie zuckt mit den Schultern. „Ja, er ist schon eine Rampensau. Aber das heißt ja nicht, dass er nicht trotzdem vorher aufgeregt oder unsicher ist", gibt sie zurück.

Wir schauen beide dabei zu, wie Paul sich eine lederne Weste herunterreißt und in die kreischende Menge wirft. „Wir sind *Sorry Sam* und wir schulden euch eine Entschuldigung ...", beginnt er mit der Verve eines Showmasters. „Sorry, dass euer Leben bisher so langweilig war. Aber jetzt sind wir hier, um den Alltag mit euch in die Flucht zu jagen. Let's rooock!"

Ich schnaube. „Ja, total unsicher. Man hört's ihm an."

Gina, die gerade einen Drink vom Barkeeper entgegengenommen hat, nimmt einen großen Schluck. „Weißt du, Schätzchen, so sind sie mir lieber."

„Wer?", frage ich. „Männer?"

„Alle irgendwie." Sie fährt mit dem Zeigefinger über den Rand ihres Glases. „Ich habe die Schnauze voll von Menschen, die Aufmerksamkeit wollen, aber nichts unternehmen, um sie zu bekommen." Sie leckt ihre Fingerspitze ab. „Wenn du glänzen willst, dann mach das verdammte Licht an!"

Gina sieht mich dabei nicht an, aber der Satz trifft mich, als hätte sie ihn an mich gerichtet. An mich und mein Zögern, meine Träume anzugehen. Oder vielleicht bilde ich es mir auch nur ein. Vielleicht ist es nicht Gina, sondern mein eigenes Inneres, dass mich dazu bewegen will, endlich etwas zu unternehmen. Endlich das Licht anzumachen …

Ich trinke den Rest meines Drinks in einem Zug.

„Willst du näher ran?", frage ich meine Mitbewohnerin und nicke in Richtung der Band. Hinter Paul haben noch zwei andere junge Männer mit Gitarren die Bühne betreten. Ein dritter, voll behangen mit Nietengürteln und -schmuck, nimmt gerade am Schlagzeug Platz. Und hinter dem Keyboard steht eine Frau mit hüftlangen Braids.

„Oh, ja, lass uns nach vorne gehen!" Gina greift sich grinsend meinen Arm.

„Moment? Ganz nach vorne?" Mit einem flauen Gefühl schaue ich zu dem Bereich der Tanzfläche, in dem das dichteste Gedränge herrscht. „Wirklich?"

Gina zuckt mit den Schultern. „Na klar! Wenn schon, denn schon! Ich bin schließlich hier, um meinem Lover zuzujubeln." Meine Freundin rückt näher an mich heran. „Stell dir vor, er hat gesagt, er holt mich vielleicht auf die Bühne für eine Ballade." Sie gluckst. „Ist das nicht romantisch?"

„Spielen die sowas denn? Balladen?" Mir wird plötzlich bewusst, dass ich noch immer keine Ahnung habe, welche Songs *Sorry Sam* so covert.

„Klar, hast du noch nie von *Kuschelrock* gehört? Jedes gute Konzert braucht doch ein paar Songs, bei denen man sich näherkommen kann." Sie zwinkert mir zu. „Also, los geht's!" Sie stößt mich in die Rippen. „Wenn wir uns jetzt nicht nach vorne drängeln, muss ich hinter den Groupies stehen!"

Ohne auf meine Zustimmung zu warten, zieht sie mich von meinem Barhocker.

„Hey, hey! Langsam!" Ich stolpere fast über meine eigenen Füße, während ich versuche, mit dem beachtlichen Tempo meiner Freundin mitzuhalten. Wie schafft sie es nur, sich so schnell durch die Leute zu drängen?

Wir tauchen in die Lichtstrahlen der Scheinwerfer, die jetzt aus verschiedenen Winkeln die Bühne und den Zuschauerraum beleuchten. Die Discokugel reflektiert den hellen Schein und das Glänzen der hunderten kleinen Spiegel flimmert über uns und über die Umrisse der Menschen, an denen wir uns vorbeidrücken. Ich kann nicht genau sehen, wohin wir gehen. Mein Blickfeld besteht aus Schultern und Frisuren. Gina scheint aber ganz genau zu wissen, wo sie hinwill.

„Ey!", beschwert sich eine junge Frau, die meine Freundin unsanft aus unserem Weg bugsiert.

„Sorry, Schätzchen", sagt Gina zuckersüß. „Wir gehören quasi zur Band und müssen ganz nach vorne."

Die Frau wirft eine Strähne über ihre Schulter. „Pah, wer's glaubt!" Mehr Schatten als Licht liegt auf ihrem Gesicht, trotzdem kann ich sehen, wie sie ihre Augen verdreht. „Stellt euch hinten an!" Demonstrativ versperrt sie uns den Weg.

„Vielleicht sollten wir hierbleiben, Gina", flüstere ich meiner Mitbewohnerin zu.

„In der dritten Reihe?" Sie reißt die Augen auf. „Keine Chance! Da hätten wir auch an der Bar bleiben können!"

Sie wechselt die Richtung, presst sich zwischen zwei Typen hindurch, die verwundert die Augenbrauen heben, aber uns beide passieren lassen. Ich merke, dass wir dabei etwas von dem Bier des einen verschütten und murmele ihm ein „Sorry" zu.

Nach zwei weiteren Überholmanövern sind wir genau dort angekommen, wo Gina uns haben will: ganz vorne in der Mitte. Der Mikrofonständer, an dem Paul steht, ist so nah, dass man den Eindruck hat, danach greifen zu können.

Ich ziehe meine Strickjacke aus und binde sie mir um die Hüften. Es ist warm hier unter den Scheinwerfen und wenn ich vorhin schon das Gefühl hatte, den anderen Leuten zu nahe zu kommen, so ist es jetzt quasi voller Körperkontakt. Ich klammere mich an Ginas Arm. Sie ist die Einzige, bei der es mir nichts ausmacht, dass sie mich berührt.

Sie grinst mich an. „Best seats in the house!"

„Ja", stimme ich ihr zu, bemüht um ein Lächeln.

Plötzlich verändert sich die Beleuchtung um uns herum, kommt in Bewegung.

„Okay, *Starlight Club*!", ruft Paul ins Mikrofon. „Diesen Song kennt ihr alle!"

Ohne auch nur eine Sekunde abzuwarten, beginnt der Schlagzeuger zu trommeln. Ich bin keine Musik-Expertin, aber dieses Lied erkenne sogar ich. Die Band startet mit einem Cover von *Seven Nation Army,* der unverkennbaren

Hymne der *White Stripes,* und das Publikum geht sofort mit. Alle klatschen, springen oder wiegen sich im Takt. Auch ich kann nicht verhindern, dass mein Kopf im Rhythmus des Lieds wippt. Rechts von mir streckt Gina eine Hand in die Luft und schwingt die Hüfte in ihrem Outfit, das nach Lack und Leder aussieht.

Paul singt in demselben krächzenden Ton wie der Interpret des Originals. Er ist wirklich alles andere als ein Möchtegern-Rocker, wie ich zuerst dachte. Der Mann ist zum Rocken geboren. Ich verstehe Ginas Schwärmerei für ihn und die bewundernden Blicke der anderen Mädels um uns herum. Nachdem er der Lead ist, sollte es mich wohl nicht überraschen, aber alle Augen sind auf Paul gerichtet. Und er gibt sich ganz dem Song hin.

Mit jeder Minute kann auch ich besser loslassen und mich in der Musik verlieren. Der zweite Song ist keiner, den ich wiedererkennen würde, aber er setzt das Tempo und die Atmosphäre des ersten Lieds perfekt fort. Und auch beim dritten Titel zeigt sich, dass jemand mit einem instinktiven Gespür für eine gute Playlist das Set zusammengestellt hat. Erst mit dem fünften Stück werden etwas gemächlichere Töne angeschlagen.

„Der nächste Song", keucht Paul atemlos und nimmt einen großen Schluck aus seiner Wasserflasche, „ist ein bisschen was Ruhigeres. Also sucht eure Babe und haltet es fest." Er macht einen Schritt nach vorne, geht in die Hocke und streckt die Hand nach Gina aus. „Komm hoch, Hottie."

Ich kann mir ein breites Lächeln nicht verkneifen, als ich sehe, wie Ginas Augen sich weiten und sie strahlend seinen Arm ergreift. So viel ist klar: Paul macht seinen Eroberungen keine falschen Versprechungen. Er holt Gina zu sich auf die

Bühne und hält ihre Hand, während er sagt: „Hier ist *A little bit of love* für euch."

Der Song scheint den Nerv zu treffen. Als ich mich umsehe, haben sich fast alle zu Pärchen zusammengefunden. Und es scheint plötzlich mehr Platz zu sein ... Ich brauche einen Moment, um mir bewusst zu werden, dass ein Teil der Zuschauer die Verschnaufpause wohl nutzt, um sich noch ein Getränk zu holen oder die Toiletten aufzusuchen. Gerade als ich überlege, es ihnen gleichzutun, bleibt mein Blick an einem Shirt hängen. Das helle Grau sticht regelrecht aus der Masse dunkler Klamotten hervor und ich brauche nur einen Moment, um zu erkennen, wer da am Rand der Tanzfläche steht: Sam.

Für einen Augenblick glaube ich, er sieht in meine Richtung. Aber dann bemerke ich, dass er in ein Gespräch mit jemand anderem vertieft ist.

Klar, warum sollte er von all den Menschen im Publikum auch ausgerechnet mich ansehen?

Ich werfe einen letzten Blick zu Gina, die sichtlich dahinschmilzt, während Paul seine Serenade singt, und drücke mich dann an dem Paar neben mir vorbei. Das WC befinden sich links der Tanzfläche, zumindest, wenn man dem Neonschild über dem etwas versteckten Durchgang Glauben schenken kann.

Die Schlange vor den Damentoiletten ist so lang, dass es schwerfällt, sich vorzustellen, dass überhaupt noch irgendjemand in diesem Club ist, der gerade nicht fürs Klo ansteht.

Die Wartenden nehmen fast den ganzen Gang ein, sodass sich alle, die zur Herrentoilette wollen, an ihnen vorbeiquetschen müssen. Seufzend reihe ich mich ein und hole mein Handy heraus. Wenn ich hier schon ausharren muss, kann ich wenigstens kurz meine Nachrichten checken.

Tatsächlich zeigt mein Display, dass ein Lebenszeichen von Jona angekommen ist. Auf dem Foto, das jetzt in meinem Messenger erscheint, sind er und mein Schwager mit erhobenen Daumen, breiten Grinsen und je einer Flasche Bier zu sehen. *„Erster Abend in Kopenhagen"*, steht darunter. *„Was macht mein kleines Mädchen? Hoffe, dir geht's auch gut, Hannelore."* Grinsend beginne ich eine Antwort zu tippen. Auch wenn es mich nervt, dass mein Bruder mich immer wieder mit meinem vollen Namen anspricht, kann ich ihm nie richtig böse sein. Er ist die Art von Mensch, die man einfach mögen muss: Empathisch, humorvoll, spontan, klug und ehrgeizig – quasi alles, was ich nicht bin.

„Hannelore?", sagt plötzlich jemand und ich zucke zusammen.

Sam hat sich direkt hinter mir positioniert und schaut sichtlich amüsiert über meine Schulter. „Ist das dein richtiger Name?"

„Nein", lüge ich und bedecke mit meiner Hand das Smartphone.

Er lacht auf. „Doch ist es, oder? Hanni ist nur dein Spitzname!"

„Und wenn schon?", blaffe ich zurück. „Jeder hat Spitznamen. Gina nennt ja auch niemand Regina. Und Sam ist wahrscheinlich auch nur die halbe Wahrheit, oder?"

Einen Moment schaut er ertappt, doch er fängt sich schnell wieder. „Das wüsstest du wohl gern? Wie ich eigentlich heiße?" Das Lächeln, zu dem er seinen Mund verzieht, ist ein wenig arrogant.

Trotzdem kann ich nicht verhindern, dass mein Blick an seinen Lippen hängen bleibt.

„N-Nein", stammele ich und zwinge meine Augen, sich loszureißen. „*Eigentlich* interessiert es mich kein bisschen, wie du heißt." Ich drehe meinen Kopf wieder nach vorne und stelle fest, dass die Reihe mich ein wenig abgehängt hat. Schnell schließe ich mit zwei Schritten auf.

Sam folgt mir.

„Ich verrat's dir gern, weißt du. Ich schäme mich nicht für meinen Namen." Er beugt sich zu mir herunter. „Ich behalte auch deinen für mich, wenn du heute noch mit mir tanzt, Hannelore", flüstert er mir ins Ohr.

Die Art, wie sein Atem meinem Hals kitzelt, macht mich unruhig. „Träum weiter!", sage ich und rücke genervt meine Brille zurecht.

Sam tritt vor mich. „Oh, wo wir gerade dabei sind ..." Er grinst mich an. „Ich habe mir überlegt, wie wir unsere Rechnung begleichen können."

„Und welch glorreicher Einfall ist dir gekommen?", frage ich und versuche, ihn aus meinem Weg zu schieben. Doch Sam ist trotz seiner schlaksigen Figur niemand, den man so einfach bewegen kann.

„Süß, du solltest dich von Gina mal beim Armtraining anleiten lassen." Er lacht und löst meine dünnen Arme von seinen. „Also, ich schlage vor, dass ich heute Nacht mal oben liegen darf."

Ich schaue mich um, überprüfe, ob jemand diese mehr als zweideutige Aussage mitgehört hat. „Bist du betrunken oder so?", zische ich ihm zu.

„Nein, ich mein's ernst." Er macht ein bedeutungsvolles Gesicht. „Ich meine, was wenn du wieder nicht anders kannst, als dich nachts über die Kante zu schubsen und meinen nackten Körper mit Glitzer einzureiben?"

„Ich habe mich nicht ...! Und ich habe dich nicht ...!" Hitze steigt mir in die Wangen. „Ich lehne diesen Vorschlag ab", sage ich mit fester Stimme.

„Gut." Er gibt vor, einzulenken. „Dann müssen wir eben doch miteinander tanzen." Er tippt mir an die Stirn.

Ich schlage seine Hand weg. „Was versprichst du dir davon? Dass ich mich blamieren werde? Ich bin keine schlechte Tänzerin!"

„Ich weiß." Er lächelt und da ist wieder diese samtige Dunkelheit in seinen grauen Augen. „Ich habe dich gesehen."

„Was?", hauche ich. Hat er vorhin etwa doch zu mir geschaut?

Sam tritt näher an mich heran, beugt sich zu mir hinunter und raunt direkt in mein Ohr. „Vielleicht bin ich ja der schlechtere Tänzer von uns beiden. Und vielleicht ist mir das egal." Er richtet sich wieder auf und zwinkert. „Wir sehen uns beim nächsten Song!" Und mit diesen Worten lässt er mich am Ende der Schlange stehen.

10 – Ein anderer Rhythmus

Als ich von den Toiletten zurückkehre, steht Sam an einem der Bartische unweit des Durchgangs. Ganz so, als wollte er mich tatsächlich abfangen.

Die Band spielt wieder schnellere, rockigere Stücke. Dieses Mal sogar ein deutsches Lied: *Lass die Musik an* von *Madsen*. Ich bin wirklich überrascht, dass ich noch einen Song des heutigen Abends wiedererkenne. Vermutlich besteht das Set einfach aus Hits, die jeder schon einmal gehört hat. Das erklärt auch, weshalb das Publikum so mitgeht. Die Tanzfläche sieht wieder zum Bersten voll aus.

Sam kommt mit geschmeidigen Schritten auf mich zu.

„Also, wollen wir, Hannelore?", fragt er grinsend.

Ich verziehe das Gesicht. „Nenn mich nicht so!"

„Okay, dann eben Hanni …" Sein Blick sieht beinahe ein wenig entschuldigend aus. „Also?"

Ich seufze. „Und danach sind wir quitt?", frage ich. „Versprochen? Keine …" Ich senke die Stimme. „Keine Witze mehr über die Sache in meinem Bett?"

Sam legt den Kopf etwas schief. „Versprochen."

„Okay." Ich atme aus und wappne mich innerlich für das, was ich gleich tun werde. Hoffentlich würde ich meiner

Aussage gerecht werden und tatsächlich nicht schlecht tanzen.

Ehrlich gesagt weiß ich nicht, wann ich zuletzt mit einem Mann getanzt habe. Mein Ex, Kilian, ist nie mit mir tanzen gegangen. Für ihn waren Musik und Partys nur dafür da, um eine neue Partnerin zu finden. Nicht, um mit der bestehenden eine gute Zeit zu verbringen.

„Alles okay?", fragt mich Sam und mustert mein Gesicht.

Bei der Erinnerung an meinen Verflossenen muss ich wohl eine Grimasse gezogen haben. Ich schüttele Kilian und jeden Gedanken an ihn schnell ab.

„Ja, alles gut", sage ich und deute in Richtung Tanzfläche. „Wollen wir dann?"

Sam nickt und setzt sich in Bewegung. Ich folge ihm, nehme den Rhythmus des Songs auf, und lass die Lyrics, die mich auffordern, endlich loszulassen, zu mir durchdringen. Sam bahnt uns einen Pfad durch die Menge. Ich starre auf sein Shirt und auf seine Schultern, die sich darunter abzeichnen. Sein Gang ist beschwingt, seine dunklen Locken glänzen und wippen unter dem Licht der Discokugel. Als die Menschenansammlung um uns herum langsam dichter wird, bleibt er stehen und dreht sich zu mir herum.

„Hier ist gut, oder? Wir brauchen schließlich noch ein bisschen Platz zum Dancen", meint er zwinkernd und hält mir seine Hand hin.

Etwas zögernd ergreife ich sie. Was hat er vor? Will er Händchen halten und einen Walzer aufs Parkett legen?

Bevor ich die Frage für mich beantworten kann, reißt er meinen Arm hoch und dreht mich um die eigene Achse. Lachend mache ich eine Pirouette nach der anderen, bevor er mich mit seiner anderen Hand zu greifen bekommt und wieder stabilisiert.

„Sorry." Seine Augen leuchten, als er sich zu mir hinunterbeugt, damit ich ihn über die laute Musik verstehe. „Ich hatte das Gefühl, ich muss ein bisschen Anspannung aus dir herauskatapultieren."

Ich kichere. „Das ist dir gelungen", bestätige ich.

„Gut." Er grinst zufrieden.

Und er lässt meine Hand nicht los. Stattdessen zieht er mich an sich heran.

„Ist das okay?", fragt er.

„Ja", sage ich knapp und nicke. Es ist sogar mehr als okay, aber das kann ich unmöglich zugeben. Oder?

Es gefällt mir, mich mit ihm zu bewegen. Wir fallen in einen gemeinsamen Takt, beginnen eine Art schnellen Discofox zu tanzen. Immer wieder wirbelt Sam mich herum, macht einen Schritt von mir weg, zieht mich wieder zu sich heran. Es kommt mir vor, als würden wir uns mit jedem Schritt mehr Platz ertanzen. Als würde die Menge um uns irgendwie verschwinden. Nach einer Weile existiert sie kaum noch für mich.

Mein Blick versinkt in Sams Augen und schon bald achte ich gar nicht mehr darauf, welche Tanzschritte wir machen. Alles, was ich höre, ist die Melodie in meinen Ohren. Alles, was ich spüre, ist der Rhythmus in meinem Körper. Und Sams Nähe.

Es ist aufregend, wann immer wir uns berühren, auch wenn es nur für eine flüchtige Note des Songs ist. Das Flimmerlicht der Discokugel scheint kleine Stromstöße auf uns überspringen zu lassen. Mir wird warm und ich weiß nicht, ob es die Anstrengung des Tanzes, die Wärme des Raums oder doch ein Funke zwischen uns ist.

Ich sehe Sams Blick über mich wandern, über meine vermutlich völlig zerzauste Frisur, mein zu knappes Kleid, die löchrigen Strümpfe und die klobigen Schuhe. Nichts davon scheint mir jetzt gerade gut genug zu sein und dennoch ... Nichts davon scheint ihm zu missfallen. Er sieht mich an mit einem Ausdruck der Faszination.

Oder ist mir der Gin von vorhin nun zu Kopf gestiegen?

Die Band gibt noch einmal alles für den finalen Refrain und ich möchte Sam in die Arme springen, möchte mich fest an ihn schmiegen, während die letzten Töne verklingen.

„Hanni", keucht er und zieht mich nach einer Drehung an seine Brust.

Ich schaue zu ihm auf. Etwas ist anders; ich sehe es in seinen Augen.

„Ich ...", wispert er, doch er kann den Satz nicht zu Ende sprechen.

„Unser Bandmanager, Ladies and Gentlemen!", grölt Paul ins Mikro. „Coole Moves, Sam!"

Das ganze Publikum stimmt in die *Whoos* und *Yeahs* mit ein und mir wird klar, dass sich tatsächlich ein Kreis um Sam und mich gebildet hat. Die anderen Tanzenden sind vor uns zurückgewichen!

Erschrocken schlage ich mir die Hand vor den Mund. Sams Brust vibriert mit Lachen.

„Siehst du?", flüstert er mir zu. „Es ist egal, wie man tanzt. Es wird so oder so eine Blamage."

Ich vergrabe mein Gesicht in den Händen und beginne zu kichern. Ja, es ist mir peinlich, mit Sam die Tanzfläche gekapert zu haben.

Und gleichzeitig ... habe ich mich schon lange nicht mehr so lebendig gefühlt.

11 – Ein Elefant im Porzellanladen

Nach einer kurzen Erfrischung an der Bar wird Sam in den Backstage-Bereich gerufen. Ich bin ein wenig enttäuscht, weil ich gern noch mal mit ihm getanzt hätte, aber das restliche Konzert mit Gina unmittelbar vor der Bühne zu verbringen, ist auch nicht schlecht. Zwischen ihren anhimmelnden Blicken in Pauls Richtung tanzt sie mit mir und wir haben richtig Spaß. Bei jedem Song, den wir kennen, grölen wir mit. Als die Band das letzte Stück ankündigt, sind wir beide außer Atem und meine Füße kochen in meinen halbhohen Stiefeln. Vielleicht hätte ich doch auf sie hören und mir leichteres Schuhwerk anziehen sollen. Aber das ist jetzt auch egal ...

„Tschüss, Buchingen!", keucht Paul, als der letzte Akkord verklungen ist. Er ist ganz heiser vom Singen und Stimmungmachen. „Ihr wart ein krasses Publikum!", krächzt er in den aufbrausenden Applaus und fährt sich durch die verschwitzten Strähnen. „Bevor ihr geht, legt einen Halt an unserem Merch-Stand ein. Wir haben da ganz cooles Zeug. Ansonsten kommt vorbei, wenn wir demnächst den *Tanz in den Mai* in Fichtingen rocken ..." Er zählt noch ein paar weitere Termine auf, an denen *Sorry Sam* spielt, aber ich höre es nicht mehr.

„War das nicht unglaublich?" Gina packt mich am Arm. „Gott, er ist so sexy, ich könnte ihn auffressen." Sie strahlt zu Paul hoch, der ihren hungrigen Blick auffängt.

Ich schüttele den Kopf. Ich habe schon lange nicht mehr miterlebt, dass Gina so sehr auf jemanden abfährt. „Warte damit, bis wir zu Hause sind, ja?", bitte ich sie amüsiert.

„Das sagt gerade die Richtige!", tadelt sie mich. „Du und Sam wart doch kurz davor, auf der Tanzfläche Liebe zu machen."

„Unsinn!" Ich winke ab. Gina übertreibt. Offensichtlich.

Sie schnalzt mit der Zunge. „Na ja, würde mich nicht wundern, wenn ich heute Nacht Getöse aus deinem Zimmer höre."

„Jetzt hör aber auf!" Ich gebe ihr einen Klaps auf den Unterarm. „Da ist nichts!"

Sie schnaubt. „Deine Version von Nichts hat anderen Frauen schon Babys beschert."

Ich verdrehe die Augen. „Du bist so dramatisch, Gina."

„Nein, eigentlich freue ich mich für dich." Sie legt einen Arm um mich. „Endlich mal eine neue Flamme nach diesem ätzenden Kilian."

Ich lächele. Sie drückt sich immer ziemlich ruppig aus, aber Gina hat das Herz am rechten Fleck. Auch wenn sie mich manchmal mit ihren Ideen und Plänen überfährt, ist sie eine gute Freundin. Und die beste Mitbewohnerin, die ich je hatte.

„Wie kommen wir eigentlich nach Hause?", frage ich sie, als meine Gedanken zu unserer gemeinsamen Wohnung wandern. „Nehmen wir den Nachtbus? Oder schaffen wir noch die letzte Straßenbahn?"

„Nein, wir nehmen das Taxi", ist ihre Antwort.

„Noch mal?", beschwere ich mich. „Das ist ganz schön teuer, Gina."

„Beruhig dich. Wir teilen es uns mit den Jungs", erklärt sie mir und tätschelt meine Schulter. „Das haben wir schon geregelt."

„Okay." Ich lasse mich von ihr in Richtung Bar lenken.

„Das war doch ein toller Abend, oder?" Gina stupst mich an. „Wir gönnen uns jetzt einfach noch einen Drink, bis Paul und Sam so weit sind!"

Ihrem Vorschlag folgend bahnen wir uns den Weg zum Tresen. Doch der Barkeeper will von unseren After-Show-Plänen nichts wissen.

„Sorry, der Ausschank ist geschlossen für heute. Wir machen nur noch die Gläser-Rückgabe", stellt er uns vor vollendete Tatsachen.

„Was?", empört sich Gina. „Sollen wir hier etwa auf dem Trockenen sitzen? Wir müssen noch auf zwei von der Band warten!"

Der Mann hinter der Theke mustert uns. „Ihr habt doch Backstage-Pässe. Geht nach hinten zur Band. Da gibt's bestimmt auch noch ein Bier oder so."

Gina sieht mich an. Ihr Ausdruck hellt sich sichtlich auf. „Oh, super! Nichts wie hinter die Bühne!"

Ohne auf meine Zustimmung zu warten, zieht sie mich hinter sich her. Wir drängen uns durch die Leute, die alle zum Ausgang streben, um den Durchgang neben der Bühne zu erreichen. Ich war noch nie backstage bei so einer Veranstaltung und als wir die dunkle Tür öffnen, habe ich das Gefühl, etwas Verbotenes zu tun.

Der Gang dahinter ist schmal und nur mit einzelnen Spots beleuchtet. Ich habe keine Ahnung, wohin er führt, aber Gina marschiert weiter, als wüsste sie ganz genau, wo es langgeht. Ich versuche erst gar nicht, sie aufzuhalten.

Stimmengewirr empfängt uns nach wenigen Metern.

„Yeah, das war klasse!", höre ich Pauls heisere Kehle.

„Gute Show, Jungs", stimmt ihm eine weibliche Stimme zu.

Wir biegen um eine Ecke und stehen plötzlich in einem Raum mit der sich munter unterhaltenden Band. Paul tauscht gerade mit dem Gitarristen eine Art kompliziertes High five aus. Etwas abseits steht ein großer Kerl, den ich als den Bassisten wiedererkenne, und die Frau mit den Braids. Neben ihr der Drummer, der die vielen Nieten trägt. Nur Sam entdecke ich nicht.

„Na, wollt ihr euch ein Autogramm holen?", raunt es im nächsten Moment in mein Ohr.

Wenn man vom Teufel spricht!

Ich wirbele herum. „Schleich dich doch nicht so an!", fluche ich. Mein Herz rast.

Sam grinst spitzbübisch. „Sorry, habe ich dich erschreckt? Ich bin kurz hinter euch durch die Tür. Ich dachte, ihr hättet mich längst gehört."

Gina lacht. „Sam, wir waren das ganze Konzert über direkt vor den Boxen. Wir hören erst ab Montag wieder normal!"

„Babe!", ruft Paul, als er Ginas Anwesenheit realisiert, und stürmt auf uns zu. Er reißt meine Mitbewohnerin in seine Arme. „Du sahst heute Abend beim Tanzen so scharf aus!" Er gibt ihr einen tiefen Kuss.

Ich wende schnell die Augen ab und finde Sams spöttischen Blick.

„Was?", frage ich patzig.

„Du bist niedlich, wenn dir etwas peinlich ist, Hannelore", sagt er in einem amüsierten Ton.

„Bin ich gar nicht!" Ich verziehe den Mund. „Und nenn mich nicht so!"

Er lacht. „Okay, okay, entschuldige, war nur Spaß!" Er tippt mir an die Stirn und wendet sich dann an seine Bandkollegin. „Zhuri, mich hat da draußen eine Kleine mit Pixie Cut nach dir gefragt."

Die Frau mit den Braids grinst. „Na, dann will ich die Süße mal nicht warten lassen!" Mit langen, geschmeidigen Schritten läuft sie an uns vorbei.

„Hey, und wer räumt deinen Kram in den Bus?", beschwert sich der Gitarrist.

Zhuri wirft einen Blick über ihre Schulter. „Immer der, der fragt, Arne!" Sie streckt ihm die Zunge raus. „Wenn du das nächste Mal eine klarmachst, revanchiere ich mich!"

Sam lacht leise neben mir, dann geht er auf den Bassisten zu. „Geil gespielt, Rex!"

Er klopft ihm auf die Schulter und beginnt ein Gespräch über eine besonders knifflige Stelle des Sets, von dem ich beinahe nichts verstehe. Sowohl akustisch als auch fachlich. Aber es erinnert mich daran, dass Sam laut Gina auch einmal selbst den Bass gespielt hat. Und dass er Sänger war.

Irgendwie finde ich es krass, dass er so locker bleiben kann, nachdem er zwei seiner Freunde in diesen Rollen auf der Bühne gesehen hat.

Fällt es ihm denn gar nicht schwer, ein Zuschauer zu sein, während andere etwas tun, das er selbst einmal mit so viel Leidenschaft getan hat?

„Hey." Der Gitarrist, Arne, steht plötzlich neben mir. „Bist du die Freundin von Gina?"

„Hanni", stelle ich mich vor und schüttele lächelnd die Hand, die er mir entgegenstreckt. „Ja, Freundin, Mitbewohnerin und sogar Kollegin."

„Wow, die Heilige Dreifaltigkeit", scherzt er und streicht eine seiner langen Strähnen hinters Ohr. „Also bist du auch Fitnesstrainerin?"

Ich lache laut auf. „Nein, ich arbeite nur am Empfang. Ich komme nicht einmal in die Nähe der Trainingsgeräte. Ich treibe mich maximal an der Saftbar herum."

„Ah, Fitness wird sowieso überbewertet." Er zwinkert mir zu. „Außerdem kann man auch in der ersten Reihe beim Konzert Kalorien verbrennen." Ein wissender Ausdruck tritt in seine braunen Augen. „Dir hat die Show gefallen, oder?"

Ich erröte, weil mir plötzlich klar wird, dass Arne wohl gesehen hat, wie losgelöst ich mit Sam und Gina getanzt habe. Ich hatte wirklich nicht damit gerechnet, heute auf dieser Tanzfläche so im Mittelpunkt zu stehen.

„Sorry, ich wollte dich nicht in Verlegenheit bringen", sagt Arne schnell. „Sah cool aus!", fügt er in einem aufmunternden Ton hinzu. „Und es macht echt Spaß, wenn die Leute sich in die Musik fallen lassen."

„D-Danke", stammele ich, aber kann ihm dabei nicht so recht in die Augen sehen.

Das ungute Gefühl, dass ich heute Abend vielleicht ein wenig über die Stränge geschlagen habe, löst die Euphorie von zuvor ab. So langsam möchte ich einfach nur nach Hause. Aber als ich zu Gina sehe, ist es mehr als offensichtlich, dass sie und Paul noch längst nicht abfahrbereit sind. Sie haben sich auf ein Sofa verzogen, das hier im Backstage-Bereich steht, und stecken verliebt die Köpfe zusammen.

„Wow, die beiden hat es voll erwischt!", spricht Arne meinen Gedanken aus.

„Ja", stimme ich ihm zu.

„Beneidenswert." Er nimmt einen Schluck aus einer Bierflasche, die mir erst jetzt in seiner Hand auffällt. „Und ich habe gehört, ihr gewährt unserem furchtlosen Anführer noch mal Unterschlupf?"

Ich glucke. „Ich glaube nicht, dass man Paul und Gina voneinander trennen kann." Just als ich es sage, beginnen die beiden wieder damit, sich leidenschaftlich zu küssen.

„Nicht Paul." Arne lacht. „Sam!"

Ich schaue ihn mit großen Augen an.

„Der Blondschopf ist vielleicht unser Leadsänger und, weiß Gott, der Beliebteste bei den Ladys, aber Sam ..." Er deutet zu der Ecke des Raums, in der sich Sam noch immer mit Rex unterhält. „Er ist der, der uns eigentlich zusammenhält. Das ist seine Band."

„Ach so?" Kurz wundere ich mich, aber dann wird mir klar, dass das alles zusammenpasst. Gina meinte, Sam wäre schon zu Schulzeiten Teil der Band gewesen. Er ist eines der Gründungsmitglieder und immerhin heißt die Band auch *Sorry Sam*.

Ich fühle mich mutig und stelle Arne die Frage, die mir auf der Zunge liegt: „Was hast du bei Sam gutzumachen?"

Er reist die Augen auf. „Was?"

„Sam meinte, jeder von euch stünde irgendwie in seiner Schuld", sage ich schulterzuckend. „Daher der Name. *Sorry Sam.*"

„Das hat er behauptet?" Arnes ungläubiger Blick verwandelt sich in ein hysterisches Lachen.

„Alter, was erzählst du den Mädels denn?", ruft er laut genug, dass auch Sam begreift, dass er gemeint ist.

Er sieht irritiert zu uns herüber. „Was?"

„Beweg dich hier rüber, du langes Elend, du hast bei Hanni was richtigzustellen!" Arne kann sich kaum halten vor Lachen. „Unfassbar", keucht er.

Sam bewegt sich langsam auf uns zu. Sein Blick ist interessiert, aber auch ein bisschen misstrauisch. Und aus irgendeinem Grund ist er schon wieder direkt auf mich gerichtet. Mein Mund wird ganz trocken, als ich in seine grauen Augen sehe.

„Was muss ich richtigstellen?", fragt er argwöhnisch.

„Warum heißt die Band *Sorry Sam*?" Es ist mehr eine Aufforderung als eine Frage, die Arne ihm stellt.

Sam schaut zwischen Arne und mir hin und her. „Das weißt du doch, Kumpel."

„Ich schon." Arne grinst. „Aber Hanni weiß es nicht. Zumindest nicht die wahre Geschichte."

Sam schürzt die Lippen und ich starre ihn an.

Du meine Güte, ist die wahre Geschichte eine peinliche Geschichte? Peinlich für Sam?

Okay, ich muss es wissen!

„Jetzt sag's ihr schon!" Arne stößt Sam in die Seite. „Dann können wir alle drüber lachen."

Sams Blick verfinstert sich. „So lustig ist es auch wieder nicht."

„Es ist zum Scheiße brüllen", widerspricht Arne. „Na gut, wenn du es ihr nicht sagst, dann sag ich's ihr." Er hebt die Augenbraue, doch Sam folgt seiner stillen Aufforderung nicht. „Du hattest deine Chance!" Arne wendet sich mir zu.

„Sam tut zwar immer sehr cool, aber in Wirklichkeit ist er ein kleiner Tollpatsch", verrät er mir. „Echt, er ist quasi ein Elefant im Porzellanladen. Er schmeißt Zeug um, wirft alles runter ..."

„Zeug wie ... Gläser?", frage ich und sehe zu Sam, der zu meiner Überraschung errötet.

„Ja!", fährt Arne munter fort. „Gläser, Flaschen, Instrumente, Mikrofonständer ... Er hat früher auf der Bühne oft seine Umgebung vergessen und alles Mögliche umgeworfen. Und dann er hat sich ständig dafür entschuldigt!" Der Gitarrist nimmt einen weiteren Schluck aus seiner Flasche. „Jedenfalls hieß er deswegen irgendwann nur noch Sorry-Sam. Und weil uns nichts Besseres eingefallen ist, haben wir die Band nach unserem Lieblingstrampeltier benannt." Arne muss sich ein wenig dafür strecken, legt aber trotzdem einen Arm um den hochgewachsenen Sam. „Unser liebster, dusseliger Schatz!", säuselt er.

Sam verdreht die Augen. „Okay, okay, jetzt wissen alle Bescheid. War's das?", fragt er seinen Bandkollegen genervt.

„Nein!", mische ich mich in das Hickhack der beiden Männer ein. „Ich will noch etwas wissen!"

Beide schauen mich überrascht an.

„So?", fragt Arne.

Ich grinse und verschränke die Arme vor der Brust. „Was ist sein voller Name? Wie heißt Sam richtig?"

12 – Licht und Schatten

Samson.

Ich kichere immer noch in mich hinein, als wir der Band beim Aufräumen zur Hand gehen.

Sam heißt wie das bärige Monster aus der Sesamstraße. Ich kann nicht mehr.

Meine Schultern beben, als ich Gina das schwere Kabel reiche, das ich in weiten Schlaufen um meinen Unterarm gewickelt habe.

„Was schmunzelst du so?", fragt sie mich und nimmt – trainiert wie sie ist – das Kabel entgegen, als wäre es federleicht.

„Nichts." Ich schürze meine Lippen.

Es ist nicht fair, sich über den Vornamen eines Menschen lustig zu machen. Das weiß ich aus eigener, leidvoller Erfahrung. Aber seit ich Sams vollen Namen kenne, kann ich nicht anders, als ihn mir in einem dicken, braunen Pelz vorzustellen. Nichts kollidiert heftiger mit seinem tatsächlichen Erscheinungsbild.

Der Roadie ist schlank, eher schmal gebaut, blass und dunkelhaarig. Er hat weder die ausladenden Hüften noch das breite Lächeln der gutherzigen Figur aus der Kindershow.

91

Die einzige Gemeinsamkeit, die Sam und der Muppet haben, ist ihre Körpergröße.

„Du heckst doch irgendetwas aus!", rügt mich Gina, doch sie muss selbst dabei lächeln.

„Nein, wirklich nicht!", sage ich, aber merke im selben Moment, dass das nicht der Wahrheit entspricht. Insgeheim bereite ich in meinem Kopf schon ein paar spitze Bemerkungen vor, für den Fall, dass Sam mich heute Abend noch einmal Hannelore nennt.

Wie du mir, so ich dir, mein Freund.

Als hätte er meinen inneren Dialog gehört, kommt Sam in diesem Moment auf uns zugelaufen.

„Danke für eure Hilfe", sagt er. „Wenn das Kabel im Wagen ist, haben wir alles."

Er gähnt und streckt sich. Beim Heben der Arme entblößt er einen Teil seines Bauchs. Ohne dass ich es will, streift mein Blick über seine nackte Haut. Ich sehe leicht definierte Muskeln und eine Spur Gold-Glitzer, wenn mich nicht alles täuscht.

„Wo fährt Costas mit dem ganzen Equipment jetzt hin?", fragt Gina und reißt mich damit – zum Glück – aus meiner Starre.

Nicht auszudenken, wenn Sam mich dabei erwischt hätte, wie ich seinen Bauch begaffe.

„Er nimmt den Sprinter mit zu seinen Schwiegereltern. Die wohnen in der Nähe. Dort pennt er heute auch." Sam fährt sich durchs Haar.

„Schon krass, dass Costas jetzt Frau und Kinder hat!" Gina schüttelt schmunzelnd den Kopf. „Da merkt man erst einmal, wie viel Zeit seit unserem Schulabschluss schon vergangen ist, was?"

Costas, der mit Nieten behangene Schlagzeuger, war ebenfalls mit Gina und Sam in der Schule. Und er ist, wie die beiden, zwei Jahre älter als ich. Ich könnte mir mit meinen 24 Jahren gerade nicht vorstellen, verheiratet oder Mutter zu sein. Aber vielleicht ändert sich das, wenn man die 25 überschritten hat ... Oder wenn man den richtigen Menschen an seiner Seite hat.

Ich schaue zwischen Gina und Sam hin und her, die in ein seltsames Schweigen verfallen sind. Sam scheint einen Moment ins Leere zu schauen, bevor er sich wieder fängt.

„Soll ich uns dann schon einmal das Taxi rufen?", fragt er und räuspert sich.

Gina nickt eifrig. „Ja, gute Idee."

Als Sam sich verabschiedet, um an der frischen Luft zu telefonieren, atmet sie hörbar aus. „Oh weh ... Da habe ich jetzt Salz in die Wunde gestreut ..." Sie seufzt und fasst sich an die Stirn.

Ich blinzele überrascht. „In die Wunde? Wie meinst du das?"

„Also ..." Sie senkt ihre Stimme. „Sam hat eine ziemlich schwere Trennung hinter sich." Sie macht ein bedauerndes Geräusch. „Er war vier Jahre mit Nora zusammen. Wollte sie sogar heiraten. Aber sie hat ihn ziemlich, ähm, brutal hintergangen."

„Oh." Ich schlucke. „Klingt echt hart." Nun ergibt Sams Reaktion, dieser starre und etwas traurige Blick, Sinn.

„Kanntest du sie gut?", hake ich nach. „Diese Nora?"

„Nicht wirklich. Als ich Sam vor ein paar Jahren bei einem Heimatbesuch getroffen habe, hatte er sie einmal ihm Schlepptau. Aber ..." Gina macht eine bedeutungsvolle Pause. „Wir haben kaum ein Wort miteinander gesprochen.

Sie war nicht so wirklich interessiert an seinen *Sandkastenfreundschaften.*" Sie wirft mir einen Blick zu, der Bände spricht. „Sie wollte wohl mehr für ihn."

Ich runzele die Stirn. „Wie meinst du das? Mehr?"

„Mehr was?" Ohne dass wir es gemerkt haben, ist Sam wieder zurückgekehrt – gemeinsam mit Paul.

„Ach, nichts weiter!" Gina macht eine wegwerfende Handbewegung und geht zu Paul, um sich an ihn zu schmiegen. „Habt ihr ein Taxi bekommen?"

„Es ist in zwanzig Minuten da", beantwortet Sam ihre Frage.

„Cool, danke", sage ich bemüht fröhlich.

Sams Miene hellt sich auf. „Gern geschehen, Hannelore."

Wir fixieren uns. Er mit immer breiter werdendem Grinsen. Ich mit einem scheinbar gleichgültigen Ausdruck, der mir jedoch mit jeder Sekunde zu entgleiten droht. Auch wenn er mich offensichtlich zu einer kleinen Zankerei provozieren will. Nach dem, was ich gerade erfahren habe, habe ich keine Lust, die Worte, die mir auf der Zunge liegen, auszusprechen. Nicht jetzt, wo ich weiß, dass auch sein Herz gebrochen wurde.

Sam blinzelt. „Was? Gar keine patzige Antwort?", fragt er und hebt eine Braue. „Ich bin überrascht, Hannelore."

„Und ich bin zu müde für solche Spielereien", behaupte ich und merke in diesem Moment, dass ich mich tatsächlich nach meinem Bett sehne. Sam will etwas erwidern, doch bevor er auch nur ein Wort sagen kann, kommt ihm Paul zuvor.

„Ja , es wird echt Zeit zu schlafen", pflichtet er mir bei.

Seine Stimme ist heiser und er sieht wirklich erschöpft aus. „Der Abend war der Hammer, aber saumäßig anstrengend."

Gina streicht ihm über den Rücken. „Du wirst heute Nacht gut schlafen", sagt sie – nicht ohne ein gewisses Schnurren in der Stimme.

„Boah, Leute, kommt schon", beschwert sich Sam. „Wir brauchen alle eine Mütze Schlaf, keine nächtliche Peepshow."

Gina streckt ihm die Zunge raus. „Wir können auch ganz leise sein", meint sie zwinkernd. „Außerdem könnt ihr ja eure eigene Show auflegen."

Ich schüttele den Kopf. Sam tut es mir mit glühenden Wangen nach. Im nächsten Moment piepst sein Handy und er nimmt es aus der Hosentasche, um auf das Display zu sehen. „Oh, der Wagen ist schon da. Schnappt eure Jacken. Paul, ich habe auch unser Gepäck aus dem Bandbus geholt. Die Taschen stehen beim Ausgang bereit."

Alle setzen sich in Bewegung. Innerhalb kürzester Zeit haben wir unseren Kram beieinander und folgen Sam durch den Hinterausgang des Clubs.

Das beigefarbene Auto wartet genau dort, wo ein paar Minuten zuvor noch der Kastenwagen der Band stand. Paul öffnet die Tür zum Rücksitz und lässt erst mich, dann Gina einsteigen, während sich Sam auf den Beifahrersitz setzt.

„Hi! Das ging ja schnell", beginnt er einen freundlichen Small Talk mit dem Taxifahrer. Nachdem er dem Mann die Adresse unserer WG durchgegeben hat, geht die Fahrt los.

Ich starre aus dem Fenster in die etwas abgelegene Gegend. Der *Starlight Club* liegt in einem Industriegebiet von Buchingen, weit abseits der Altstadt, in der wir unsere Wohnung haben.

Die Straßen sind hier wie leer gefegt, während man im Zentrum bestimmt noch einigen Nachtschwärmern begegnen würde. Es nieselt ein wenig und die Tropfen hängen sich an die Fensterscheiben des Wagens. Nur ganz langsam rutschen sie außen am Glas hinab. Ich folge einer der Wasserperlen mit dem Finger.

„Zum Glück ist morgen Sonntag. Da können wir ausschlafen!", seufzt Paul von der anderen Seite der Rückbank.

„Wir schon." Gina, die zwischen uns in der Mitte sitzt, tätschelt mir den Oberschenkel. „Hanni nicht."

„Echt? Was machst du morgen, Hanni?", will der Sänger wissen.

Ich wende mich den beiden zu. „Ich gehe ins Seniorenheim. Nach dem Frühstück lese ich den Bewohnern dort aus der Zeitung vor."

„Krass sozial von dir", lobt mich Paul.

Ich schlucke. „D-Danke." Meine Stimme gerät etwas ins Stocken, denn das Lob fühlt sich seltsam an.

Das mit dem Vorlesen im Seniorenheim oder im Krankenhaus mache ich eigentlich nicht, weil ich besonders sozial oder engagiert bin. Es gefällt mir natürlich schon, anderen Menschen eine Freude zu machen, aber ich tue es nicht aus purer Nächstenliebe.

Ich mache es auch für mich.

Für mein Ego, wenn man so will.

Vorlesen ist einfach das, was ich gut kann. Es ist das Einzige, was ich gut kann. Ich bin chronisch unterbegabt und praktisch talentfrei. Kaum etwas geht mir besonders leicht von der Hand oder hebt mich von anderen Menschen ab. Ich bin nicht so hübsch und athletisch wie Gina. Und ich bin nicht so klug und erfolgreich wie mein Bruder Jona. Ich bin ... unspektakulär und unauffällig.

Außer beim Vorlesen ...

Als Schülerin habe ich mal einen Vorlesewettbewerb gewonnen und ich werde nie vergessen, dass eine Jurorin meinen Vortrag als eine „mitreißende Performance" bezeichnet hat. In diesem Moment war ich so stolz. Es hat etwas mit mir, mit dem grauen Mäuschen Hannelore, gemacht. Danach habe ich mit dem Vorlesen angefangen – und seitdem nicht mehr aufgehört.

Ich brauche diese Stunden, in denen mir andere zuhören. Brauche dieses Gefühl, etwas gut zu machen. Diese Momente, in denen ich ein bisschen glänze. Und nicht nur das Licht der Menschen um mich herum reflektiere.

Aber ... das kann ich niemals zugeben. Gina hat vorhin den Nagel auf den Kopf getroffen mit ihrer Bemerkung. Ich lechze nach der Aufmerksamkeit, die ich beim Vorlesen bekomme. Und gleichzeitig schäme mich dafür, dass etwas in meinem Inneren diese Aufmerksamkeit braucht. Und die Scham hält mich davon ab, mehr daraus zu machen. Davon, Hörbuchsprecherin oder Was-auch-immer zu werden.

Wie armselig ist es bitte, zu feige für seine Träume zu sein und sich stattdessen Bestätigung von alten und kranken Menschen zu holen?

Es ist total jämmerlich.

Der Gedanke versetzt mir einen Stich und ich merke, dass mir Tränen in den Augen brennen. Schnell rücke ich meine Brille zurecht und schaue wieder hinaus in die Nacht, wo das fahle Licht der Straßenlaternen den Regen zum Leuchten bringt.

13 – Ein steter Tropfen

An unserem Mehrfamilienhaus angekommen, schleppen wir uns zu viert in den fünften Stock hoch. Es ist, als hätte uns alle dieselbe bleierne Müdigkeit befallen. Die beiden Männer ächzen, weil sie je eine Reisetasche tragen müssen. Gina findet in ihrer deutlich kleineren Tasche nicht einmal mehr ihren Wohnungsschlüssel wieder. Zum Glück habe ich meinen eigenen mitgenommen.

Ich entriegele die Tür für uns. Es herrscht ein seltsames Gewusel, als wir uns alle im schmalen Eingangsbereich unserer Schuhe entledigen. Paul verliert auf einem Bein stehend fast das Gleichgewicht. Sam stützt ihn geistesgegenwärtig.

„Alter", murmelt er und klingt dabei selbst ganz träge. „Du musst dich hinlegen. Das ist nicht mehr feierlich."

Paul nickt in stiller Zustimmung. Auch wenn er eher der Typ Rampensau ist, kann er dieser Einschätzung nicht widersprechen. Der Abend hat seine Energie verbraucht. Er schafft es kaum noch, seine Augen offen zu halten.

„Komm mit, Großer", sagt Gina und führt ihn an aus der Hand in ihr Zimmer.

Ich möchte erst einmal in die Küche und ein Glas Wasser trinken. Sam ist hinter mir, als ich behutsam die Tür öffne, um Doris nicht aufzuschrecken. Die Hündin hebt nur kurz den Kopf, als wir eintreten und zur Spüle gehen.

„Auch durstig?", frage ich Sam, als ich ein Glas dem Schrank hole.

Er nickt. „Könnte ein Wasser vertragen."

Ich drehe den Hahn auf, fülle das erste Glas und halte es ihm hin.

„Danke", murmelt er, hebt es aber noch nicht an seine Lippen. Stattdessen ruhen seine Augen auf mir, während ich mein eigenes befülle.

Sein Blick bringt meine Haut zum Kribbeln. Ich versuche, es zu ignorieren, und trinke mit schnellen Schlucken.

„Hanni ...", beginnt er, doch ich lasse ihn nicht weitersprechen.

„Ich gehe dann mal ins Bad", sage ich schnell, leere mein Glas und stelle es ins Spülbecken. „Zähne putzen und so."

Sam reibt sich übers Kinn. „Gut. Tu das." Dann, endlich, löst er seinen Blick von mir und nimmt einen Schluck aus seinem Glas.

Einen Moment starre ich auf seine Lippen und den feuchten Glanz, den das Wasser darauf hinterlässt. „Dann ..." Ich drehe mich um. „Dann bin ich mal weg."

Ich flüchte quasi aus der Küche.

Mein Herz pocht im Rhythmus der zügigen Schritte, mit denen ich in mein Zimmer eile. Schnell suche ich alles zusammen, was ich brauche, um mich bettfertig zu machen: Allem voran ein anständiger Schlafanzug, denn ich will nicht schon wieder im freizügigen Schlabberlook neben Sam liegen. Oder auf ihm.

Nein, daran werde ich jetzt nicht denken!

Mein Herz ist so schon in Aufruhr. Seine Nähe, seine Blicke, seine kehlige Stimme ... Das alles bringt mich völlig durcheinander. Dazu noch die Aufregung des Abends, unser Tanz und die Drinks. Ich traue mir gerade nicht über den Weg. Ich werde jetzt einfach meine Zähne putzen, mich waschen und mich in mein Bett legen. Und sonst gar nichts.

Den kleinen Stapel Kleidung fest an meine Brust gedrückt marschiere ich ins Badezimmer. Nachdem ich die Tür hinter mir verriegelt habe, landet mein Blick im Spiegel über dem Waschbecken. Ein müdes Gesicht starrt mir entgegen. Das Augen-Make-up, das ich aufgelegt hatte, ist ganz verschmiert und auf meiner Brille sind Wasserflecken vom Regen. Ich setze die Gläser ab und beginne mit einem Abschminktuch Lidschatten und Mascara zu lösen, ehe ich zur Zahnbürste greife.

Die chaotische Frisur und den Geruch der durchtanzten Nacht werde ich am Waschbecken jedoch nicht los. Kurz entschlossen schäle ich mich aus dem engen, schwarzen Kleid, den Strümpfen und dem verschwitzten Rest. Ich stelle mich unter die Dusche und lasse das warme Wasser meine vom Haarspray verklebten Strähnen aufweichen. Behutsam fange ich an, meine Kopfhaut zu massieren, als könnte ich damit die ganzen wirren Gedanken, zerstreuen.

Es klappt.

Ein bisschen zumindest.

Ganz langsam verklingt der Lärm des Abends in meinem Kopf. Das sanfte Prasseln der Brause spült das Nachklingen des Konzerts davon und verlangsamt mein Gedanken-karussell.

Ich lasse mir ein bisschen mehr Zeit, als nötig wäre, um mich einzuseifen. Atme tief die Düfte von Shampoo und Duschgel ein, genieße den Dampf, der nach und nach das ganze Badezimmer erfüllt. Unter dem Wasserstrahl lasse ich meine Schultern kreisen, versuche, die Anspannung loszulassen.

Es wird schon gehen. Irgendwie werde ich diese Nacht neben Sam ohne weitere Peinlichkeiten rumkriegen.

Es fällt mir schwer, den Hahn abzudrehen und aus der Duschwanne zu steigen. Aber nun wo ich sauber und deutlich entspannter bin, wird der Ruf meines Betts immer lauter.

Ich reibe mich mit einem Handtuch trocken und schlüpfe in das bereitliegende Schlafzeug. Mein Haar tropft auf die Schultern meines Pyjama-Oberteils, als ich ans Fenster trete, um den Dunst nach draußen und die frische Nachtluft hineinzulassen. Ich lasse die kühle Brise über mein Gesicht streichen, lasse mich von ihr beruhigen, während ich meine nassen Strähnen mit einem Handtuch ausdrücke. Dann, als ich mir sicher bin, lange genug gelüftet zu haben, benutze ich noch kurz die Toilette und verlasse wieder das Bad.

In der WG ist es sehr ruhig. Ich höre nur ein leises Schnarchen aus Ginas Zimmer, das sowohl von Paul als auch von meiner Mitbewohnerin stammen könnte. Sie ist eine klassische Rückenschläferin und hat mich schon das eine oder andere Mal mit ihren Schlafgeräuschen aufgeschreckt. Ich unterdrücke ein Kichern und schlüpfe durch die Tür meines eigenen Zimmers.

Sam muss noch in der Küche sein, denn auf der ausgezogenen Matratze liegt nichts als eine zerwühlte Decke, die im Licht der Nachttischlampe golden glitzert. Ich stakse zu meinem Schlafplatz, bemüht, Sams Nachtlager nicht zu berühren. Ich werde mich von dieser Seite des Betts fernhalten. Und wenn es das Letzte ist, was ich tue.

Ich schlüpfe unter die Decke, lege meine Brille auf der kleinen Ablage am Kopfteil ab und sinke in mein Kissen. Einige Minuten liege ich da und starre vor mich hin. Ich bin müde genug, aber der Schlaf will einfach nicht kommen.

Die Tür zu meinem Zimmer öffnet sich mit einem leisen Quietschen. Schnell mache ich meine Augen zu.

„Hanni?" Als Sams sanfte Stimme erklingt, wird mir klar, dass ich das Licht nicht gelöscht habe.

Anfängerfehler!

„Schläfst du schon?" Auf leisen Sohlen geht er über die Dielen und nähert sich dem Bett.

Ich gebe mir alle Mühe, mich schlafend zu stellen. Ich kann ihn jetzt nicht ansehen, nicht mit ihm sprechen ...

Aber vielleicht braucht es das gar nicht mal. Mein Herz trommelt so laut, dass ich befürchte, er könnte es hören.

„Okay", murmelt er und es folgt eine Reihe von Geräuschen. Eine Tasche, die abgestellt wird. Ein Reißverschluss, der sich leise surrend öffnet.

Ich blinzele, bete, dass er nicht gerade in diesem Moment zu mir herschaut. Ohne Brille kann ich Sam nur vage ausmachen, doch es reicht, um zu erkennen, dass er mir den Rücken zugewandt hat. Er kauert, vermutlich über seinem Gepäck, und sucht heraus, was er für die Nacht braucht.

Ich blinzele noch mal, als das Grau, das seinen Rücken bedeckt, weggezogen wird und sanft glänzende Haut entblößt.

Oh Gott, zieht er sich gerade neben mir aus?

Ich presse meine Lider aufeinander.

Schau nicht hin.

Schau nicht hin.

Schau bloß nicht hin.

Ein tiefer Atemzug und ein Rascheln sagen mir, dass Sam noch immer damit beschäftigt ist, sich seiner Klamotten zu entledigen. Blut rauscht in meinen Ohren und ich frage mich, ob es sehr auffällig ist, wenn man im Schlaf rot anläuft. Gemessen daran, wie sich mein Gesicht anfühlt, muss ich leuchten wie eine Glühbirne. Würde ich mich nicht schlafend stellen, würde ich mir jetzt die Decke über den Kopf ziehen.

Als ich glaube, die Scharade nicht mehr aufrechthalten zu können, höre ich Schritte, die sich über die Dielen entfernen. Die Tür quietscht. Sam hat den Raum verlassen.

Ich atme tief ein und aus.

Oh Mann.

Sams kurzer Besuch in meinem Zimmer hat auch die letzte Schläfrigkeit vertrieben. Mein ganzer Körper ist in Aufruhr. Meine Haut scheint in Flammen zu stehen.

Verdammt, was mache ich denn jetzt?

Wie soll ich denn neben ihm Ruhe finden, wenn seine bloße Anwesenheit mich so nervös macht?

Meine Gedanken stolpern über sich selbst, als Geräusche aus dem benachbarten Badezimmer alles zum Halten bringen. Der Hahn der Dusche wird betätigt und im nächsten Moment höre ich das Plätschern von Wasser.

Weil mein Zimmer direkt an die Duschwand grenzt, ist es beinahe so deutlich vernehmbar, als wäre die Brause mit im Raum. Die Brause unter der Sam steht.

Ich versuche es wirklich, aber ich kann nicht verhindern, dass meine Gedanken zu seinem Oberkörper wandern. Ich denke wieder daran, wie es war, auf seiner warmen Haut aufzuwachen, spüre die Hitze seines Körpers bei unserem gemeinsamen Tanz, sehe die dunkle Intensität seines Blicks vor meinem inneren Auge. Und wenn ich mir vorstelle, dass er jetzt gerade nackt auf der anderen Seite dieser Wand steht ...

Oh, nein.

Nein, nein, nein.

Das muss sofort aufhören.

Ich packe die Seiten meines Kopfkissens und drücke es mir mit beiden Händen an die Ohren. Es ist ein Versuch, das Plätschern von nebenan auszublenden. Ein Versuch, die Vorstellung von dem, was im Bad gerade vor sich geht, zu vertreiben.

Ich werde mir Sam nicht unter der Dusche vorstellen.

Ich werde nicht an seine starken Schultern oder an seinen erstaunlich muskulösen Bauch denken. Ich werde definitiv nicht mutmaßen, welchen Weg das Wasser nimmt, das gerade daran hinab perlt. Ich werde nicht überlegen, wie sich wohl sein nasses Haar anfühlt oder wie sein Duschgel riecht.

Unter gar keinen Umständen male ich mir aus, wie seine grauen Augen durch den aufsteigenden Nebel des heißen Wassers blicken. Wie er mich ansieht und sich mir mit einem sehnsüchtigen Ausdruck nähert.

Es sind ganz sicher nicht seine Lippen, deren warmen Hauch ich fast schon auf meinen spüre. Und auch nicht seine Hände, die in meiner Fantasie meinen Körper hinabfahren.

Es ist nicht Sam, der sich gerade in meine Träume schleicht. Es ist nicht er, der in Gedanken schon bei mir liegt, als im Raum nebenan das Flüstern des Wassers verklingt.

14 – Frühstück mit Folgen

Ich stehe vor der Küchentür und zögere, sie zu öffnen. Seit geschlagenen fünf Minuten.

Längst sollte ich drinnen an der Küchenzeile stehen, mir einen Kaffee kochen und ein Marmeladenbrot schmieren. In einer halben Stunde muss ich mich auf den Weg ins Seniorenheim machen.

Nun ja, streng genommen sind es nun nur noch fünfundzwanzig Minuten.

Der Punkt ist, ich sollte frühstücken.

Und zwar jetzt.

Ich wische meine Handflächen an meiner Jeans ab. Vor Nervosität schwitzen mir die Hände. Nein, nicht vor Nervosität. Vor Verlegenheit.

Ich habe von Sam geträumt. Von ihm und von mir und von uns in meinem Bett. Und in dem Wissen, dass er hinter dieser Tür in unserer Küche steht, schaffe ich es gerade nicht, den Raum zu betreten.

Es ist zu ... zu ... zu viel.

Normalerweise begegnen mir die Objekte meiner Begierde nicht am nächsten Morgen beim Frühstück.

Seit ich Single bin, fantasiere ich höchstens über Männer, die für mich unerreichbar sind. Männer, die oft nicht einmal existieren. Die Hauptdarsteller meiner Wunschträume sind meistens Figuren aus Romanen, die ich heimlich während der Arbeit lese. Ich musste noch nie einem von ihnen beim morgendlichen Kaffee gegenübersitzen.

Noch dazu allein.

Nicht zum ersten Mal schaue ich in Richtung von Ginas Zimmertür, in der Hoffnung, dass meine Mitbewohnerin daraus hervortritt.

Es wäre so viel einfacher, mit ihr oder Paul am Küchentisch zu sitzen. So viel angenehmer, wenn ich jemanden hätte, mit dem ich Small Talk führen könnte.

Wie fange ich das nur an?

Was soll ich sagen, wenn ich da jetzt reingehe und mit dem echten Sam – dem, der keine Liebesnacht mit mir verbracht hat – ein Wort wechseln muss?

Wie verhält man sich in so einer schrägen Situation?

Ich beiße mir auf die Lippe.

So ein verdammter Mist aber auch! Wie komme ich überhaupt dazu, von diesem Typen zu träumen? Gehen meine Hormone jetzt völlig mit mir durch?

Ich betaste meine Wangen und spüre, wie heiß sie unter meinen klammen Fingern sind. Oh Gott, ich bin bestimmt knallrot. Ich sehe aus wie eine Tomate und das wird mich hundertprozentig verraten.

Er wird mir einen Blick zuwerfen und er wird es wissen.

Er wird es mir ansehen.

Verdammt.

Verdammt, verdammt, verdammt.

Meine Hand schwebt über dem Türgriff.

„Geh einfach rein!", flüstert eine betont gelassene Stimme in meinem Innern. „Mach dir deinen Kaffee, schnapp dir dein Essen und verschwinde einfach wieder in dein Zimmer. Schau ihn nicht an. Sprich nicht mit ihm und alles wird gut."

„Alles wird gut", wispere ich, greife endlich nach der Klinke und drücke sie hinunter.

Ich trete in die Küche und sehe ... direkt in ein Paar graue Augen.

„Morgen", sagt Sam, der wenige Schritte vor mir steht und gerade seinen Pulli auszieht.

„H-Hi", stammele ich so leise, dass ich es selbst kaum hören kann. Mein Blick wird von seinen blanken Unterarmen wie magisch angezogen.

Ich schlucke.

Wenigstens trägt er Jeans und T-Shirt.

Das ist doch schon mal was.

Sam fährt sich durchs Haar. „Sorry, habe ich dich geweckt?", fragt er. „Ich habe mich bemüht, ganz leise zu sein. Weil du noch so tief geschlafen hast." Er grinst. „Hast du was Schönes geträumt?"

Oh Gott, er weiß es!

„Ich, ähm ..." Ich nestele nervös an meinem Haar herum. „Also ..."

Sam lacht auf. „Alles gut, ich hatte nicht vor, dich auszuhorchen. Ich dachte nur ..." Er wackelt mit den Augenbrauen. „Dass ich heute ganz allein auf meiner Matratze aufgewacht bin, ist wohl ein gutes Zeichen. Kein Albtraum, der dich über die Bettkante geschubst hat."

Mein Herz beruhigt sich ein wenig. Er weiß nicht, was mir im Schlaf durch den Kopf gegeistert ist. Natürlich nicht.

„Setz dich doch!“, lädt er mich an meinen eigenen Küchentisch ein. „Kaffee ist schon gekocht, aber ich bin noch dabei, herauszufinden, wo in eurer Küche was steht.“ Er stellt mir eine Tasse hin und schenkt mir ein. „Was frühstückst du normalerweise?“

„Ähm, Toast mit Marmelade“, sage ich und lasse mich ein wenig verlegen auf die Eckbank sinken. Bei der Gelegenheit fällt mir auf, dass das Hundebett auf der Holzbank leer ist.

„Wo ist Doris?“, frage ich.

„Gina ist mit ihr raus.“ Sam öffnet gerade den Kühlschrank, um die Bestandteile meines Frühstücks herauszusuchen. „Sie ist vor einer guten Stunde los.“

„Eine Stunde?“, wiederhole ich ungläubig. Ich hätte nicht erwartet, dass sie überhaupt schon wach ist, geschweige denn schon ihre erste Runde mit der Hündin dreht. „Ist Paul etwa auch schon wach?“

„Paul? Nein.“ Sam lacht. „Der ist noch in einem komatösen Zustand. Der taucht bestimmt erst gegen Mittag auf.“

„Okay.“ Irgendwie bin ich beruhigt, nicht die Letzte zu sein, die es aus dem Bett geschafft hat.

„Also hier sind Marmelade und Margarine.“ Sam stellt beides vor mir ab und ich erhasche einen Blick auf sein Tattoo.

Gestern beim Tanzen hatte ich nicht weiter darauf geachtet, aber jetzt wo ich es genauer betrachten kann, fällt mir zum ersten Mal auf, dass es Noten sind, die seinen Unterarm schmücken.

Ergibt irgendwie Sinn. Er ist schließlich Musiker ...

Aber welches Stück ist das?

„Nur mit dem Toastbrot", unterbricht Sam meine Gedanken. „Da musst du mir mal weiterhelfen."

„Ach so, klar." Ich reiße meinen Blick los und springe von der Bank auf. „Das ist im Gefrierfach."

„Im Gefrierfach?" Sam schaut mir hinterher, als ich zum Kühlschrank gehe und das Fach ganz oben öffne. „Das ist ..." Er reibt sich übers Kinn. „Ziemlich ungewöhnlich, aber gleichzeitig genial."

„Ja, oder?" Ich lächle. Ich bin nicht gerade ein Genie in Vorratshaltung, aber auf diesen Einfall bin ich ein wenig stolz. „Dann verdirbt es nicht so schnell."

„Echt clever", sagt Sam anerkennend.

„Willst du auch ein paar Scheiben?", frage ich, als ich mit dem gefrorenen Brot zum Toaster gehe.

Er nickt. „Klar. Gern."

Ich nehme vier Scheiben aus der Packung und stecke die ersten beiden in die Schlitze des Rösters. „Du kannst auch etwas anderes darauf haben, wenn du keine Marmelade magst. Wir haben Hummus und ... ähm ... Senf?" Ich grinse ihn entschuldigend an.

„Senf?" Er wirft mir einen belustigten Blick zu. „Klingt verführerisch, aber ich schließe mich dir und der Marmelade an."

„Okay", sage ich und erschrecke ein wenig, als die beiden Brotscheiben neben mir aus dem Toaster springen.

Ich hole einen Teller und stelle sie Sam hin. „Hier, bitte."

„Oh nein." Er steht auf und bugsiert mich zurück an meinen Sitzplatz. „Ladies first. Du weißt doch, meine Erziehung."

Ich schnaube, setze mich aber gehorsam hin. „Die hat dich ganz schön im Griff, was? Deine gute Erziehung?"

Er zuckt mit den Schultern. „Dagegen kommt man nicht an, wenn es einmal einprogrammiert wurde. Das ist wie bei Schläfer-Agenten." Sam zwinkert, macht sich am Toaster zu schaffen und kehrt mir dabei den Rücken zu.

Geistesabwesend streiche ich viel zu viel Margarine auf mein Brot, während meine Augen jeder seiner Bewegungen folgen. Ich kann nicht anders, sein Anblick fasziniert mich.

„Du liest also heute wieder vor?", fragt er mich unvermittelt und schüttelt mich damit aus der kleinen Trance.

Ich blinzele überrascht. „Woher ...?"

„Ich habe gehört, wie ihr gestern während der Taxifahrt darüber gesprochen habt." Er wirft einen Blick über seine Schulter.

„Ja, das hast du richtig gehört." Ich beginne damit, Marmelade auf meinen Toast zu löffeln. „Ich gehe gleich zum *Lilienhaus*, das ist ..."

„Ein Seniorenheim", beendet Sam meinen Satz und setzt sich mir gegenüber an den Tisch. Sein Gesichtsausdruck wirkt plötzlich ganz anders, irgendwie ernster. Nicht so losgelöst wie noch vor wenigen Augenblicken.

„Du kennst es?", frage ich neugierig.

Ich weiß ja, dass er aus Buchingen stammt. Dennoch kennt man als ehemaliger Bürger der Stadt nicht automatisch jede Einrichtung.

„Japp", ist seine knappe Antwort, ehe er in das Brot beißt, das er sich erstaunlich schnell geschmiert hat.

„Okay ..." Ich weiß nicht, ob ich mehr dazu sagen soll, aber um unseren Small Talk nicht fallen zu lassen, fahre ich fort: „Also ich lese den Bewohnern dort aus der Zeitung vor."

„Schön", sagt Sam, aber es klingt gepresst.

Als würde ihm mein Engagement plötzlich ganz und gar nicht mehr gefallen.

Was seltsam ist, denn laut Gina habe ich mit meiner Vorlesestunde im St. Lioba Krankenhaus ja einen guten Eindruck bei ihm hinterlassen.

Oder interpretiere ich da jetzt zu viel hinein?

Weil Sam nichts weiter sagt, beschließe auch ich zu schweigen und stattdessen weiter an meinem Frühstück zu arbeiten. Ich verstreiche die Marmelade und nehme schnell hintereinander mehrere kleine Bissen, die ich mit Kaffee hinunterspüle.

„Du hast morgens viel Hunger, was?" Sam nimmt einen Schluck aus seiner Tasse.

Ich kaue und zucke mit den Schultern.

„Geht mir genauso", sagt er und da ist sie wieder – die Leichtigkeit in seinem Ton. „Aber schwarzen Kaffee trinke ich eigentlich nicht. Habt ihr Milch da?"

Ich wiege den Kopf. „Keine Kuhmilch, aber Soja oder Mandel", erkläre ich zwischen zwei Bissen. „Steht im Kühlschrank. Oder wenn gerade keine offen ist, dann im Schrank unter dem Toaster."

„Perfekt." Er steht auf, wirft einen kurzen Blick in den Kühlschrank, um dann weiter zum anderen Ende der Küchenzeile zu ziehen. „Was soll ich aufmachen?"

„Für den Kaffee?" Ich schlucke einen besonders großen Bissen hinunter. „Nimm lieber Soja. Mandelmilch ist ekelhaft, auch wenn Gina darauf schwört."

Sam kehrt grinsend mit einem Karton Sojamilch zurück. „Na dann bin ich mal loyal gegenüber der Frau, die ihr Bett mit mir teilt." Er zwinkert mir zu.

Und da ist es wieder.

Das Herzklopfen.

Das Kribbeln in meinen Wangen.

Und vor lauter Aufregung beiße ich zu viel von meinem Frühstück ab und verschlucke mich prompt.

„Hey, hey, langsam!" Sam greift über den Tisch und klopft mir auf den Rücken. „Geht's?"

„Ja", krächze ich und nehme einen Schluck aus meiner Kaffeetasse. „Alles gut."

„Zum Glück" Sam seufzt erleichtert. „Ich bin nämlich nicht so fit im Heimlich-Manöver."

„Was?" Ich schaue ihn verständnislos an.

„Ich meine damit: Ich bin kein guter Ersthelfer", erklärt er grinsend.

„Wie beruhigend", schnaube ich, „Da fühle ich mich in deiner Gegenwart doch gleich sicherer." Meinen nächsten Bissen nehme ich mit mehr Bedacht.

Sam sieht mir dabei zu. „Weißt du, Hanni, ich ..."

„WIR SIND ZU-RÜ-HÜCK!", schallt es aus dem Gang und nur einen Herzschlag später platzt Gina mit Doris in die Küche.

Meine Mitbewohnerin trägt ein schickes Sport-Set und eine Brötchentüte baumelt von ihrem Arm. „Ich habe Frühstück mitgebracht!", verkündet sie stolz, nur um einen Moment später enttäuscht die Mundwinkel sinken zu lassen. „Habt ihr etwa schon ohne mich angefangen?"

„Sorry, Gina" Ich sehe auf meine Uhr. „Ich konnte leider nicht warten, ich muss doch demnächst los."

„Ach so, klar." Sie tippt sich an den Kopf, während Doris sich zwischen ihren Beinen hindurch in die Küche drängt. „Und was ist deine Ausrede?", fragt sie Sam in vorwurfsvollem Ton.

Er lacht auf. „Einer muss Hanni doch wohl Kaffee kochen und Gesellschaft leisten, oder?", verteidigt er sich.

Gina mustert ihn mit hochgezogener Augenbraue. „Na gut", lenkt sie ein. „Ich verzeihe dir."

„Besten Dank." Sam deutet eine Verbeugung an. „Soll ich dir eine Tasse Kaffee einschenken?"

„Gern!" Gina umrundet den Tisch, hebt Doris auf die Eckbank und lässt sich neben der Hündin auf ein Sitzkissen plumpsen. „Ich bin völlig fertig. Und dabei habe ich meine übliche Strecke nicht einmal annähernd geschafft."

„Tragisch." Sam seufzt, als er ihr eine Tasse hinstellt. „Musst du jetzt deinen Fitnesstrainerinnen-Schein zurückgeben?"

Sie streckt ihm die Zunge raus. „Sei nicht so frech zu deiner Gastgeberin, Sam!" Sie löst die Spange, die ihr Haar für das morgendliche Laufen zusammengehalten hat, und greift nach ihrem Kaffee. „Pfui!", keucht sie nach ihrem ersten Schluck. „Ist da etwa Sojamilch drin?"

„Sorry", entschuldigt sich Sam und wirft mir einen verschwörerischen Blick zu. „Da habe ich wohl einen anderen Geschmack als du."

15 – Damen und Herren

Im Lilienhaus, dem Seniorenheim am anderen Ende der Stadt, herrscht diese typische sonntägliche Stimmung. Die Bewohnerinnen und Bewohner sind mit dem Frühstück fertig, manche von ihnen sitzen in der Kapelle im Erdgeschoss, in der um diese Zeit ein kleiner Wortgottesdienst stattfindet. Andere haben im Speisesaal Besuch von Verwandten. Der Rest sitzt im Fernsehzimmer in der zweiten Etage, wo eine Rosamunde-Pilcher-Verfilmung läuft, bis ich den Raum betrete.

„Guten Morgen", begrüße ich die älteren Herrschaften und fünf Köpfe wenden sich mir langsam zu.

Eine Dame, die ich mit Anneliese ansprechen darf, strahlt mich an. Zwei Herren, Dr. Meier und Dr. Steinbeiß, schauen von ihrem Schachbrett auf und nicken. Frau Fiedler ist zu sehr in ihr Strickzeug vertieft, um von mir Notiz zu nehmen. Doch der Mann neben ihr erhebt sich selbstbewusst vom Sofa.

„Na, endlich, Fräulein Schleich", begrüßt er mich streng und stützt sich auf seinen Gehstock. „Ich dachte schon, ich muss meine Lesebrille holen gehen!"

„Entschuldige, Lenz." Ich weiß nicht, ob Lenz sein Vor- oder Nachnahme ist, aber alle im Lilienhaus – mich eingeschlossen – dürfen ihn so nennen. „Dabei bin ich heute sogar überpünktlich!"

Er zieht seine buschigen Brauen zusammen und hebt einen Finger. „Fünf Minuten vor der Zeit ...", beginnt er zu zetern.

„Ist des Soldaten Pünktlichkeit!", beendet Anneliese seinen Satz. „Wir wissen es alle, Lenz. Lass das Mädchen mit deinen alten Weisheiten in Frieden."

Ich kichere in mich hinein, was hinter der Maske zum Glück niemand sehen kann. Aus dem Augenwinkel sehe ich, dass auch Frau Fiedler, die bei dem kleinen Austausch hellhörig geworden ist, lächelnd von ihren Nadeln aufsieht. Ich nicke der schüchternen, alten Dame freundlich zu.

„Möchte das noch jemand zu Ende sehen?", frage ich, bevor ich den TV ausschalte.

Ein verneinendes Raunen geht durch die kleine Runde.

„Gut, dann ..." Ich schnappe mir die Fernbedienung von der Konsole und drücke den übergroßen, roten Knopf. „Dann kann ich ja gleich loslegen."

Die Lokalzeitung, die ich beim Reinkommen von einem der Krankenpfleger in Empfang genommen habe, liegt zuoberst in meiner Tasche. Ich fische sie heraus und setze mich auf den letzten freien Sessel.

„Wir fangen mit dem Buchinger Teil an, ja?", verkünde ich und rücke meine Brille zurecht.

„Kannst du vielleicht zuerst den Sportteil lesen?", bittet mich Anneliese. „Mein Enkel spielt doch in der Kreisliga Fußball ..."

„Keiner interessiert sich für deinen Enkel, Anneliese."

Dr. Meier verdreht die Augen. „Wir sollten mit der Weltpolitik anfangen, das ist ja wohl das Wichtigste."

Lenz schnaubt. „Die findet doch eh ohne uns statt, da können wir genauso gut erst den Fußball lesen."

„Ich …", meldet sich Frau Fiedler leise zu Wort. „Ich wüsste gern, ob die Todesanzeige von Karlotta drin ist." Sie schluckt und schaut auf ihre Hände. „Sie hat hier im dritten Stock gewohnt."

Stille legt sich über den Raum. Alle haben Karlotta gekannt. Ich habe sie auch ein- oder zweimal hier in dieser Runde getroffen, aber die letzten Monate war sie zu krank, um ihr Zimmer zu verlassen und in den Fernsehraum zu kommen.

„Das schaue ich zuerst nach", sage ich und blättere zu der Stelle in der Zeitung. Ich lese das kleine Gedicht und die persönlichen Worte, die die Angehörigen in die Anzeige haben setzen lassen, vor. Dann gehe ich kurz herum und zeige allen das Foto, das für diesen letzten Gruß ausgewählt wurde.

„Ein gutes Bild", lobt Lenz, während die beiden Frauen zu gerührt sind, um zu sprechen.

Auch die Herren Doktoren nicken anerkennend.

„Eine kluge, angenehme Frau war das", sagt Dr. Steinbeiß und tippt auf sein Spielbrett. „Sie hat mich einmal geschlagen."

„Was? Sie hat dich im Schach geschlagen?" Dr. Meier verliert fast sein Monokel. „Donnerwetter! Die hatte Grips!"

„Und Schneid!" Anneliese lacht.

Einen Moment amüsieren sich alle über Dr. Steinbeiß und seine verlorene Partie. Sogar Frau Fiedler lacht herzlich, als der pensionierte Arzt einen besonders gewieften Spielzug der Verstorbenen schildert und erstaunlich gutmütig die Neckereien der anderen über sich ergehen lässt.

Ich lausche schmunzelnd, bis die Anekdoten enden. „So, darf ich dann mit dem Lokalteil anfangen?"

Die Antworten reichen von *Ja* bis *Na gut* – ich werte das als grünes Licht und beginne mit den Nachrichten aus Buchingen und dem Umland. Neuigkeiten aus dem Rathaus, ein Bericht über einen Feuerwehreinsatz, bei dem es zum Glück keine Verletzten gab, ein halbseitiges Foto mit den erfolgreichen Prüflingen einer hiesigen Berufsschule und dann ... Das Bild zum nächsten Artikel trifft mich ein wenig unvorbereitet. Es ist ein professionelles Foto einer Band. Und zwar nicht irgendeiner Band – sondern von *Sorry Sam*.

In betont lässigen Posen sitzen Rex, Arne, Zhuri und Costas auf überdimensionierten Verstärkern, während mittig vor ihnen Paul charmant in die Kamera lächelt. Die Zeitung ist die Samstagsausgabe, also kündigt der Text das gestrige Konzert an. Die Überschrift darüber: *Buchinger Rockband gibt sich die Ehre*. Ich zögere kurz, bevor ich sie laut vorlese, was meinem Publikum keineswegs entgeht.

„Na, Fräulein, sie sollen vorlesen, nicht in der Lektüre versinken!", rügt mich Lenz.

Ich nicke. „Natürlich, Entschuldigung. Ich war nur kurz ..." Meine Augen kehren zu der Fotografie zurück. „In dem Artikel geht es um ein paar Musiker, die ich persönlich kenne."

„Musiker?" Ausgerechnet das zierliche Stimmchen von Frau Fiedler erklingt und sie horcht auf. „Aus Buchingen?"

„Ja." Ich lächle sie an. „Eine Rockband. Das Konzert, das in dem Artikel angekündigt wird ... Ich war gestern mit einer Freundin dort."

„Na, dann wollen wir aber jetzt wirklich alles hören!",
sagt Anneliese. „Erst den Artikel und dann deinen
Erlebnisbericht."

Ich muss lachen, tue aber wie mir geheißen. Zeile um
Zeile lese ich laut und deutlich vor – und lerne dabei selbst
noch einiges dazu.

Ich erfahre, dass die Band vor zwölf Jahren in der Garage
eines Gründungsmitglieds ihren Anfang genommen hat, dass
Sorry Sam mit ihren gekonnt interpretierten Cover-Songs
vor allem das Jugendzentrum und diverse Schul-
abschlussfeste gerockt hat, bevor es die Jungs zwecks
Ausbildung in verschiedene Richtungen gezogen hat. In der
heutigen Konstellation sind sie seit anderthalb Jahren
unterwegs. Auch Sams Rücktritt als Leadsänger wird
thematisiert ...

„Die frühere Stimme der Gruppe zieht jetzt im
Hintergrund die Fäden. Zugunsten von Paul Kowalski und
Reinar ‚Rex' Junghans, ist der langjährige Kopf der Gruppe,
Samson Fiedler, als Leadsänger und Bassist zurückgetreten."
Ich blinzele und werfe einen Blick in Richtung der kleinen,
zarten Frau Fiedler, bevor ich weiterlese. „Er begleitet die
Band jetzt als Roadie und managt die Auftritte. Dass die
Truppe mal wieder in einem heimischen Club wie dem
Starlight spielt, war ihm ein persönliches Anliegen."

Danach folgen noch Uhrzeit und Eintrittspreis der
Veranstaltung. Ich rattere die Daten runter, bin in Gedanken
aber schon ganz woanders.

Samson Fiedler.

Sams Nachname ist Fiedler.

Kann das ein Zufall sein?

Wieder mustere ich die alte Dame, die nun etwas bedrückt auf den halb fertigen Schal in ihrem Schoß schaut. Soll ich sie einfach fragen, ob sie mit ihm verwandt ist?

Andererseits ... Wenn es so wäre und sie wollte, dass es jeder wüsste, dann hätte sie etwas gesagt. So wie Anneliese, die nun doch zu ungeduldig ist, um mich nach meinem persönlichen Resümee zum Auftritt der Band zu fragen. Stattdessen fordert sie mich zum zweiten Mal auf, zum Sport überzugehen, um etwas über das Fußballspiel ihres Enkels zu erfahren.

Ich lese also weiter, berichte über die Kreisliga und dann noch über ein Hallenturnier im Tischtennis, was die Herren in der Runde in ungeahnte Aufregung bringt. Anscheinend war Dr. Meier früher selbst aktiv in diesem Sport.

„Gegen Fichtingen im Halbfinale verloren?", poltert er. „Was für eine Blamage! Das sollte dem TSV zu denken geben!"

Ich höre nur noch halb hin, als Lenz und Dr. Steinbeiß inbrünstig zustimmen und sich über den Verfall des lokalen Vereins, des Sportgeistes insgesamt und „der Jugend" – so ganz generell – ereifern. Bei dieser Art von Thema darf man diesen Herren nicht den Wind aus den Segeln nehmen. Der Glaube, dass früher alles besser war, ist sehr eng mit ihrem persönlichen Stolz verwoben. Ich lasse sie also diskutieren und geselle mich stattdessen zu Frau Fiedler und Anneliese. Zwischen den beiden steht ein kleiner Fußschemel, auf dem ich gerade so Platz finde.

„Frau Fiedler", wage ich nun doch, die alte Dame anzusprechen. „Mir ist aufgefallen, dass einer der, ähm, jungen Männer aus der Band genauso heißt wie Sie ..."

120

Ich bin mir sicher, dass die Seniorin mich gehört hat, doch außer einer kurzen Pause im stetigen Klackern ihrer Stricknadeln zeigt sie keine Reaktion.

„Könnte das vielleicht ein Verwandter von Ihnen sein?", frage ich also rundherum.

Frau Fiedler sieht kurz zu mir auf, dann wendet sie sich wieder blinzelnd ihrem Schal zu. Für einen Moment wirkt es so, als würde sie etwas sagen wollen, doch dann ...

„Fiedler ist kein so ungewöhnlicher Name, Kind", schaltet sich Anneliese ein. „Und du solltest nicht so vorwitzig sein." Sie lächelt mich an, wirft aber gleichzeitig einen sorgenvollen Blick in Frau Fiedlers Richtung.

„Natürlich. Tut mir leid." Die Familienangelegenheiten der Leute hier gehen mich nun wirklich nichts an. Ich sollte meine Neugierde im Zaum halten. „Entschuldigen Sie, Frau Fiedler."

Die alte Dame nickt, sagt aber nichts.

Ich fahre mir mit den Fingern nervös über meine Jeans. Schon wieder schwitzen meine Hände. Schon wieder, weil meine Gedanken um Sam kreisen.

„Mein Sohn ist Musiklehrer, wissen Sie", beginnt Frau Fiedler plötzlich zu sprechen. „Und mein Enkel hat sein Talent geerbt." Sie holt tief Luft und strickt ein gutes Dutzend Maschen. „Aber sie haben sich voneinander entfernt. Wenn mein Sohn mich besuchen kommt ..." Wieder seufzt sie. „Wenn er kommt, kommt er allein. Ohne den Jungen."

Ohne den Jungen.

Ich möchte fragen, wie der Junge heißt, wie alt er jetzt ist, ob es Sam ist ...

Doch ich schürze meine Lippen.

Ich warte, hoffe darauf, dass die alte Dame mit ihrer Erzählung fortfährt. Doch Frau Fiedler schweigt. Sie schweigt und strickt.

„Komm, Irma", sagt Anneliese irgendwann und erhebt sich ächzend vom Sofa. „Gehen wir mal in den Speisesaal und trinken einen Kaffee. Den Schal kannst du später fertig stricken."

Irma Fiedler legt ihr Strickzeug sorgfältig in einen Korb und stemmt sich von der Couch hoch. Ich gehe ihr ein wenig zur Hand und helfe ihr auf. Ihre graublauen Augen mustern mich eindringlich.

„Sie sagten, Sie kennen die Musiker? Die von der Band?", fragt sie mich mit leiser Stimme. Ganz so, als wollte sie nicht, dass jemand anderes es mitbekommt.

„Ja, ein bisschen zumindest." Ich helfe ihr, ihren Unterarm durch den Henkel des Körbchens zu fädeln.

Sie bewegt ihre Lippen, reibt sie gegeneinander, ehe sie den Mund wieder öffnet. „Richten Sie ihm einen Gruß von mir aus, ja?", bittet sie mich noch leiser als zuvor.

Einen Moment lang bin ich mir nicht sicher, ob ich mir ihr eindringliches Flüstern nur eingebildet habe, denn im nächsten Augenblick hakt sie sich lächelnd bei Anneliese unter.

„Bis nächste Woche!", verabschiedet mich diese mit freundlichem Lächeln und ich schaue den beiden alten Damen perplex hinterher, als sie in Richtung Aufzug laufen.

16 – Ein Schluck Aberglaube

Als ich in die WG zurückkehre, sitzen Gina, Sam und Paul in der Küche und halten eine Art Brunch. Die Brötchen, die meine Mitbewohnerin am Morgen besorgt hat, stehen in einem großen Korb in der Mitte des Tischs. Ein paar traurige Gemüsereste aus unserem Kühlschrank wurden in fingerfood-große Stücke geschnitten. Die nicht mehr ganz so knackig frischen Karotten- und Zucchini-Sticks stehen neben einer Schale Hummus. In einer halb leeren Pfanne entdecke ich etwas, das beinahe wie Rührei mit Schnittlauch aussieht. Außerdem sind da plötzlich Zimtschnecken und Orangensaft und ... Ist das etwa eine Flasche Sekt?

Über die laute Rockmusik, die aus dem Küchenradio dringt, bemerken die drei erst gar nicht, wie ich staunend im Türrahmen stehe.

„Hanni, da bist du ja!" Als Gina mich entdeckt, springt sie von Pauls Schoß auf. In der Hand hält sie ein Sektglas, das bei ihrem Gehüpfe leicht überschwappt. „Schau mal, was die Jungs alles aufgetischt haben! Ich schwöre, ich habe nichts damit zu tun. Ich bin kurz unter die Dusche und BÄM!" Sie unterstreicht das letzte Wort mit einer ausladenden Geste. „Ein richtiges Buffet! Cool, oder?"

„Ja, supercool." Ich weiß gar nicht, wo ich zuerst hinsehen soll. Ich weiß nur, wo ich zuletzt hinsehen will: zu Sam.

Mein Herz stolpert, als sein grauer Blick mich trifft.

Er hebt kurz die Hand. „Das ist quasi alles, was euer Kühlschrank und die Tanke um die Ecke hergegeben haben."

„Wow, danke." Ich knete unsicher meine Finger. „Da habt ihr euch echt Mühe gemacht."

„Keine Ursache!", nimmt Paul großspurig das Lob an. „Jetzt setz dich schon hin, bevor alles kalt wird!"

Angeschoben von Gina trete ich etwas näher an den Tisch und scanne weiter das Angebot. Ich entdecke einen Topf mit Porridge. Zumindest halte ich die etwas schleimig aussehende Masse dafür. Wenn es eine Sache auf der Welt gibt, die ich wirklich nicht essen mag, dann ist es Haferbrei. Gina hingegen liebt das Zeug. Sie kocht sich ständig irgendeine Pampe zusammen, die sie mit Proteinpulver mischt und mit Superfoods bestreut. Letztere entdecke ich auch auf dem Tisch: Chiasamen, Goji-Beeren und Hanfsamen. Alles nicht mein Ding.

Ich beäuge die Pfanne mit dem, was ich für Rührei halte. Irgendwas daran ist anders. „Was genau ist das?", frage ich.

„Tofu Scramble." Wieder ist es Paul, der antwortet. „Hat Sam gemacht."

Ich schaue etwas überrascht zu Sam. „Tofu?"

Sams verzieht die Lippen zu einem leichten Grinsen. „Gina meinte, ihr wisst nicht, was ihr mit dem Block in eurem Kühlschrank anfangen sollt, also habe ich improvisiert."

Ich lasse mich auf einen Stuhl sinken und ehe ich mich versehe, löffelt Sam etwas von seiner Kreation auf den Teller vor mir. „Probier's einfach mal."

„Ist echt nicht so schlecht, Hanni", meint Paul mampfend. „Sam hat letztes Jahr versucht, bei einer Veganerin zu landen. Hat sie zwar nicht bekommen, aber in Sachen Tofu weiß er jetzt, was er tut."

Der Sänger kassiert einen düsteren Blick von Sam.

„Was denn?" Paul hebt die Hände. „Darf man dich jetzt nicht mehr loben?"

„Ach, Paul", mischt sich Gina ein, „Du stehst manchmal so fest auf der Leitung, dass man dich fast bemitleiden möchte. Man redet doch nicht von einer anderen Flamme, wenn ..." Sie wirft einen vielsagenden Blick in meine Richtung.

Paul kann ihr nicht folgen. „Wenn was?"

Gina verdreht die Augen. „Du bist hoffnungslos. Du bist mein Rockstar, aber völlig hoffnungslos."

Paul übergeht den Tadel und grinst. „Dein Rockstar, ja?" Er nimmt ihre Hand. „Danke, Babe."

Während die beiden turteln, nehme ich mit der Gabel etwas von dem Tofu auf und stecke es mir in den Mund. Es schmeckt erstaunlich würzig und echt lecker.

„Das ist gut", sage ich zu Sam, der das Kompliment mit einem dankbaren Nicken annimmt.

„Der Rest ist für dich, wenn du magst." Er deutet auf die fast leere Pfanne. „Wir haben alle schon gegessen."

„Okay." Ich lächle und suche das üppige Angebot auf dem Tisch nach einer ganz bestimmten Zutat ab. „Habt ihr das Ketchup raus?", frage ich.

„Steht noch im Kühlschrank", sagt Gina, lässt von ihrem Lover ab und widmet sich einer Zimtschnecke.

Ich hole mir schnell die Soße und setze mich wieder hin.

„Willst du da jetzt wirklich Ketchup drauf machen?" Sam beäugt mich entsetzt, als ich anfange, die Flasche zu schütteln.

„Ähm … Ja?" Ich bemühe mich um eine Unschuldsmiene.

Er stöhnt und verbirgt das Gesicht in den Händen. „Unfassbar … Und dafür habe ich mich an den Herd gestellt."

„Masch dir nisch draus, Sam", schmatzt Gina und schluckt. „Sie macht auf alles Ketchup. Du könntest ihr eine Delikatesse hinstellen und sie würde sie in Ketchup tunken."

„Das stimmt nicht!", verteidige ich mich.

Gina richtet ihr angebissenes Gebäck wie eine Pistole auf mich. „Und ob! Du hast den Geschmack einer Vierjährigen!"

Ich laufe rot an. Okay, ich habe vielleicht nicht den ausgefeiltesten Geschmack, wenn es um Essen geht, aber … Ich mag eben, was ich mag.

Sam rauft sich die Haare und sieht mich an. „Na gut, tu's. Iss es mit Ketchup, solange du es isst."

„Danke", sage ich pointiert und mache einen großzügigen Klecks der süßen Tomatensoße auf mein zweites Frühstück. „Ich finde es trotzdem lecker."

„Mhmm." Sam massiert sich die Schläfen. „Perlen vor die Säue …"

„Hey", empöre ich mich mit vollem Mund.

„Also, Sam, wirklich", rügt ihn Gina. „Die Schweine können auch nichts dafür, dass Hanni zu allem Ketchup braucht."

Sam wirft mir einen amüsierten Blick zu. „Stimmt auch wieder!" Bei dem belustigten Strahlen, das dabei in seine Augen tritt, bleibt mir beinahe das Essen im Hals stecken.

Er hat eine atemberaubende Ausstrahlung, wenn er so fröhlich und gelöst ist.

Ich schlucke meinen Bissen hinunter. „M-Mit Ketchup ist es perfekt", lobe ich ein wenig holprig.

Gina bemerkt mein Stammeln. „Perfekt", säuselt sie, „So so ..."

Ich werfe ihr einen warnenden Blick zu.

„Okay, ich probiere das mal." Sam macht einen Klecks Ketchup auf seinen Teller und tunkt ein Stück krümeligen Tofu hinein. Nachdem er sich die Gabel in den Mund gesteckt hat, schließt er für einen Moment die Augen.

„Hmmm ..." Seine Miene ist konzentriert, dann hebt er langsam die Lider. „Okay, aber ..." Er schluckt. „Ich bleibe bei der Erwachsenen-Version ohne Ketchup."

Sein spöttisches Zwinkern trifft mich mitten ins Herz. Warum bringt mich jede kleine Geste von ihm so aus der Fassung?

Bevor jemand meine Verlegenheit bemerkt, schiebe ich mir schnell noch eine Gabel Tofu Scramble (mit Ketchup!) in den Mund. Außerdem greife ich nach einem Brötchen, das mit einer bunten Auswahl Körner bestreut ist.

„Steht hier irgendwo die Margarine?" Ich recke den Hals, um den vollgepackten Tisch zu inspizieren.

Gina, den Mund voller Zimt und Zucker, reicht sie mir.

„Danke!" Ich nehme die Dose entgegen und angle mir noch eine Handvoll Gemüsesticks. Ein paar Vitamine können ja nicht schaden.

„Jetzt wo du versorgt bist ...", spricht Gina mich mit Blick auf meinen vollen Teller an. „Wir haben gerade über den nächsten Auftritt von *Sorry Sam* gesprochen. Beim *Tanz in den Mai*. In Fichtingen."

Fichtingen.

Das ist vielleicht eine Viertelstunde von Buchingen entfernt.

„Aha", sage ich, hoffentlich ohne durchblicken zu lassen, dass diese Neuigkeiten eine ganze Welle von Fragen und Gefühlen in mir aufwirft.

„Ja." Sam räuspert sich. „Wir wollen eure Gastfreundschaft natürlich nicht überstrapazieren, also suchen wir uns eine Ferienwohnung in Fichtingen, in der wir bis dahin unterkommen können."

„Nein, Alter", widerspricht Paul. „Fichtingen ist ein Nest! Wir sterben doch vor Langweile, wenn wir da die ganze Woche herumhocken."

Sam schnaubt. „Pack das in deine Ansprache ans Publikum bei unserem Auftritt. Kommt sicher gut an."

„Ich mein's ernst." Paul probiert sich an einem harten Ausdruck. „Außer dem Maifest ist da doch nichts los. Warum bleiben wir nicht hier?" Wie um seiner Frage Nachdruck zu verleihen, zieht er Gina eng an sich heran.

„Also ich hab nichts dagegen", schnurrt Gina. „Vorausgesetzt, ihr macht uns jeden Tag so ein Frühstück."

„Alles, was du willst, Babe", raunt Paul zurück.

Ich starre auf meinen Teller. Bis zum ersten Mai? Das ist noch eine ganze Woche ... Meine Gefühle sind mehr als gemischt, wenn ich daran denke, so lange das Zimmer mit Sam zu teilen. Seine Anwesenheit bringt mich jetzt schon ganz durcheinander.

„Wir suchen uns eine Ferienwohnung." Sam lässt sich von Paul und Gina nicht beirren. „Ihr könnt euch ja trotzdem treffen, aber wir können hier nicht so zusammengepfercht wohnen. Und uns durchschnorren."

„Es macht mir wirklich nichts aus, Sam." Ginas Angebot ist aufrichtig. „Du hast mir doch auch schon aus der Patsche geholfen. Sieh es als Freundschaftsdienst."

„Ich ..." Sams Blick flackert zu mir. „Ich finde, Hanni hat da auch ein Wörtchen mitzureden. Ich campe quasi in ihrem Zimmer."

Mit einem Mal sind alle Augen auf mich gerichtet. Mühsam schlucke ich das Stück Zucchini, auf dem ich gerade herumkaue, hinunter. „Ich, ähm, ich weiß nicht ..."

„Siehst du, es ist okay!" Paul deutet auf mich. „Hanni mag uns, nicht wahr? Und, schau mal, sogar der Hund mag mich!"

Erst in dem Moment fällt mir auf, dass Doris hechelnd an Pauls Seite sitzt.

Wunderbar.

Ich bin also hoffnungslos überstimmt.

„Nein. Sie ist nur zu nett, um uns rauszuschmeißen." Sam sieht mich kurz an, dann schaut er wieder zu Paul. „Außerdem will Rex auch nicht länger in Arnes altem Jugendzimmer crashen. Da hängt ein lebensgroßes Green-Day-Poster und Rex fühlt sich von Billie Joe bis in seine Träume verfolgt."

Alle glucksen. Ich denke mir im Stillen, dass ich den Bassisten verstehen kann. Auch ich habe einen lebensgroßen Mann in meinem Schlafzimmer, der mich bis in meine Träume verfolgt. Der Seufzer, den ich bei dem Gedanken entweichen lasse, lässt wieder alle Augen zu mir fliegen.

„Oh, Schätzchen, alles okay?", fragt Gina besorgt.

„Ja, klar!", antworte ich hastig. „Ich bin nur ein bisschen angestrengt und sitze hier auf dem Trockenen." Ich schaue mich auf dem Tisch um. „Ist noch Sekt da?"

„Klaro!" Mit großer Geste reicht mir Paul die halb volle Flasche. „Gönn dir, Hanni!"

Weil ich nicht herankomme, nimmt Sam sie entgegen. „Soll ich dir einschenken?", bietet er mir an.

„Oh, ähm, gern", hauche ich und halte ihm das unbenutzte Glas, das ich neben meinem Teller gefunden habe, hin.

Er füllt es bis knapp unter den Rand und gießt sich dann selbst ein.

„Wollen wir anstoßen?", fragte er in die Runde.

„Aber hallo!" Gina ist sofort dabei und reckt ihr Glas in die Höhe.

„Hey, hey, Babe!" Paul klopft ihr aufgeregt auf die Schulter. „Du musst *mir* beim Anstoßen in die Augen sehen. Sonst haben wir sieben Jahre schlechten Sex!"

Gina prustet. „Schlechten Sex? Aber doch nicht mit dir, Großer!" Sie pflanzt einen liebevollen Kuss auf seine Wange.

„Nein, Babe!" Paul bleibt – ausnahmsweise mal – ernst. „Das stimmt wirklich. Das dürfen wir nicht riskieren!" Er sieht ihr hoch konzentriert in die Augen, während er sein Sektglas an ihres stößt.

„Du bist niedlich", meint Gina kichernd, ehe sie ihren Schluck nimmt.

„Niedlich?" Paul ist entsetzt. „Ey, das sagt man nicht zu einem Kerl! Das ist nicht Rock 'n' Roll!"

Sam lacht auf. „Sie hat recht, Alter. Und was ist schon dabei? Du bist nun mal der Niedlichste in der Band."

„Bin ich nicht!", wehrt sich Paul.

Bei dem Gezanke kann ich mir ein Kichern nicht verkneifen. Sams Blick springt zu mir. „Also, wollen wir beide dann anstoßen?", fordert er mich auf.

Ich schnaube. „Bist du etwa auch abergläubisch?"

„Nein", sagt er, fixiert meinen Blick und lässt unsere Gläser klingen. „Aber sicher ist sicher, oder?"

17 – Von feigen Träumen

Als ich nach dem ausgiebigen Frühstück in mein Zimmer gehe, ist das Bett gemacht und mein Pyjama liegt säuberlich zusammengefaltet auf der Decke.

Ich blinzele verwundert.

„Ich wollte mich erkenntlich zeigen", ertönt eine Stimme hinter mir. „Erst danach ist mir eingefallen, dass es dir vielleicht gar nicht recht ist, wenn ich deine Sachen anfasse."

Ich drehe mich um und sehe Sam in der Tür stehen. Schon wieder habe ich nicht bemerkt, dass er mir gefolgt ist. Wieso bewegt sich dieser Mann immer so verdammt leise?

„Oh, nein, es ist ... nur ungewohnt." Ich zögere. „Wie du siehst, ist Ordnung nicht unbedingt meine Stärke." Um von meinen erröteten Wangen abzulenken, mache ich eine Handbewegung, die das ganze Zimmer einschließt.

Sam runzelt die Stirn. „Findest du?" Er macht ein paar Schritte in den Raum hinein. „Dieses Bücherregal hier ist doch echt ordentlich sortiert." Er tritt an das Möbelstück heran und wirft mir über die Schulter einen Blick zu. „Nach Alphabet?"

Ich nicke.

„Alles klar." Er lacht in sich hinein. „Ordnung ist wirklich ganz und gar nicht dein Ding."

„Es sind nur die Bücher", versichere ich ihm und verdrehe die Augen. „Der Rest ist Chaos."

„Weil sie dir wichtig sind, oder?" Er sieht mich nicht an, als er die Frage stellt.

Gut so, denn so bemerkt er nicht, dass ich verlegen von einem Fuß auf den anderen trete. Angespannt beobachte ich, wie er mit seinen langen Fingern über die Buchrücken fährt. Es fühlt sich irgendwie intim an, dass er dort steht und meine Schätze berührt.

„Stimmt es, was Gina gesagt hat?" Er nimmt meine Ausgabe von *Verstand und Gefühl* aus dem Regal und blättert ein wenig darin. „Also, dass du Hörbuchsprecherin werden willst?"

Ich atme geräuschvoll aus. „Ich habe das Gefühl, ich bin zu alt, um noch etwas werden zu wollen", antworte ich wahrheitsgemäß.

„Wirklich? Du bist doch erst ... 24?" Er dreht sich interessiert zu mir herum und mein Herz macht einen Satz. „Wie kommst du darauf, zu alt zu sein?"

Ich knete meine Finger. „Na ja, muss man damit nicht superfrüh anfangen? Mit so einer Sprech- und Gesangsausbildung?" Unsicher rücke ich meine Brille zurecht. „Ich meine, hast du nicht schon als Kind mit der Musik begonnen?"

„Schon, aber", sein Blick wird hart, „es war auch nicht wirklich meine Entscheidung."

„Weil dein Vater Musiklehrer war?", platzt es aus mir heraus.

Er kneift die Augen zusammen. „Woher weißt du das?"

„Ich ..." Ich weiß es eigentlich gar nicht.

Ich habe es mir zusammengereimt, weil ich glaube, dass Frau Fiedler aus dem *Lilienhof* Sams Großmutter ist. Und weil ich den Sohn, von dem sie gesprochen hat, für seinen Vater halte. Aber so wie Sam mich ansieht, ist jetzt wohl nicht der richtige Moment, um ihn nach seinen nahen Verwandten zu fragen. Insbesondere nicht, falls er den Kontakt zu ihnen aus einem bestimmten Grund abgebrochen hat.

„Gina hat es mal, ähm, beiläufig erwähnt", lüge ich schnell.

„Hat sie das ..." Seine Lippen verziehen sich zu einem schmalen Strich.

Gott, wo ist nur die Leichtigkeit von gerade eben hin? Mit Sams finsterer Miene scheint der ganze Raum irgendwie düster und bedrückend zu werden. Ich muss dringend das Thema wechseln.

Mein Blick fällt auf das Tattoo an seinem Unterarm.

„Hey, ist das ..." Ich räuspere mich. „Ist das eine Zeile aus deinem Lieblingssong?" Mein Finger deutet auf die schwarzen Noten, die seine Haut schmücken.

Er schaut an sich hinab. „Es ist ein Auszug aus *I Don't Want To Miss a Thing*", erklärt er mir. „Von *Aerosmith*."

„Oh." Ein ungutes Gefühl bildet sich in meiner Magengegend. „Das ist ein ... krasser Lovesong."

„Jepp." Sam fährt sich durch die Haare. „Deswegen habe ich ihn mir wohl auch für meine Ex stechen lassen."

Autsch. Jetzt habe ich ihn auch noch an seine Trennung erinnert. Ich schaue unbehaglich zu Boden.

„Ein echter Anfängerfehler." Er seufzt. „Denn, wenn man sich schon einen Song von *Aerosmith* stechen lässt, dann ja wohl ..."

„*Dream On*", antworte ich, ohne nachzudenken.

Unsere Blicke sind gleichermaßen überrascht, als sie sich treffen.

„Sieh an." Er klemmt sich mein Buch unter die Achsel und verschränkt die Arme vor der Brust. „Sie spricht Rock 'n' Roll!"

„Nein, wirklich nicht", widerspreche ich hastig. „Aber mein älterer Bruder hat den Song früher rauf und runter gehört. Er schwört, es wäre der beste Song aller Zeiten."

Endlich kehrt das Lächeln in Sams Gesicht zurück. „Da hat dein Bruder nicht ganz unrecht." Er stellt den Austen-Band zurück ins Regal. „Und was ist das beste Buch aller Zeiten?", fragt er dann. „Wenn du dir eins davon aussuchen könntest, welches würdest du einsprechen?"

Ich stelle mich an seine Seite und mustere nachdenklich die Auswahl. „Vielleicht ...", murmele ich. „Das hier!"

„*Pünktchen und Anton*?" Er grinst. „Wirklich?"

Ich zucke mit den Schultern. „Damit habe ich damals den Vorlesewettbewerb gewonnen."

„Den Vorlesewettbewerb? In der Schule?" Er sieht mich lange an. „Das ist also gar kein neuer Traum von dir. Du willst das schon immer machen."

Ich schlucke.

Und nicke.

„Warum hast du dann nie etwas in diese Richtung unternommen?" Sein Ton ist herausfordernd. „Warum den ganzen Tag im Fitnessstudio hocken, wenn du Geschichten erzählen kannst?"

„Ich ..." Etwas in mir verkrampft sich. „Ich bin einfach zu feige, schätze ich." Ich lasse die Hand, die ich gerade nach dem Buch von Erich Kästner ausgestreckt hatte, sinken.

Schnell wende ich mich von Sam und von meinem Regal ab.

Ich stapfe auf mein Bett zu. Keine Ahnung, was ich in dieser Ecke des Zimmers will, aber ich muss dringend etwas Abstand zwischen mich und die Bücher und diesen Mann bringen. Seine Frage schlägt in dieselbe Kerbe wie Ginas Spruch am letzten Abend. Es kommt mir so vor, als würden plötzlich alle mich und meine unerfüllten Lebensträume attackieren.

Ist der Alltag, den ich bestreite, denn so verkehrt?

„Hanni ...", beginnt Sam zu sprechen, doch ich lasse ihn nicht ausreden.

„Weißt du, *Samson*", gifte ich ihn an. „Vielleicht solltest du dir nicht so viele Gedanken darüber machen, warum ich hinterm Tresen von irgendeiner Muckibude sitze."

Sein Mund klappt auf. „Okay."

„Vielleicht ..." Hitze steigt mir den Hals hinauf. Doch dieses Mal ist es keine Verlegenheit. Ich bin plötzlich wütend, so furchtbar wütend. „Vielleicht solltest du dir lieber an die eigene Nase fassen!"

Sams Brauen fahren zusammen. „Wie bitte?"

„Warum stehst du nicht mehr mit deiner Band auf der Bühne?", frage ich ihn und richte einen Zeigefinger auf seine Brust. „Wer bist du, mir zu sagen, dass ich meinen Träumen folgen soll, wenn du dich doch selbst mit voller Absicht auf die Reservebank setzt!"

Er schüttelt den Kopf. „Ich ... Wow." Er fährt sich durch die Haare. „Du ... Nein. Vergiss es."

Sam streift an mir vorbei. Ich spüre sogar einen kleinen Luftzug, als er mein Zimmer verlässt. Mit angehaltenem Atem lausche ich seinen sich entfernenden Schritten.

„Paul!", höre ich ihn im Flur sagen. „Kommst du mit an die frische Luft?"

„Jetzt?" Paul klingt ganz erschrocken. „Was ist denn los, Bro?"

Sams Schnauben ist durch die angelehnte Tür noch deutlich vernehmbar. „Nichts. Ich will einfach kurz raus."

„Okay ...", lenkt Paul etwas zögerlich ein. „Können wir dann Doris mitnehmen?"

Unfähig, mir die Unterhaltung länger anzuhören, reiße ich meine Zimmertür auf und trete ich in den Gang. „Wenn hier jemand mit dem Höllenhund vor die Tür geht, dann bin ich das!", eröffne ich einem verärgerten Sam und einem völlig verdatterten Paul.

Ich schnappe mir die Leine aus Pauls Hand. „Doris! Komm!", zische ich. „Bei Fuß!"

Zum ersten und womöglich einzigen Mal tut die Hündin, was ich ihr sage, und eilt an meine Seite. Ich greife nach ihrem Halsband und klipse das Ende der Leine daran. „Und wehe irgendwer läuft mir nach!", sage ich mehr zu Gina, die jetzt den Kopf aus der Küchentür streckt, als zu den anderen beiden Menschen in meinem Wohnungsflur. „Mir reicht's. Ich brauche eine Pause von ..." Mein wirrer Blick verheddert sich kurz in Sams Augen. „Von einfach allem!"

In meinem Kopf tobt es. Ich schlüpfe in ein Paar Gummistiefel, damit ich keine Zeit mit dem Schnüren irgendwelcher Schuhe verschwende. Ich achte nicht einmal darauf, nach welcher Jacke ich greife, und zerre Doris hinter mir aus der Tür.

Es wühlt mich so auf, über meinen unerfüllten Traum nachzudenken. Ein Teil von mir weiß, dass es vor allem den Willen und das Durchhaltevermögen braucht, um diese

Sache anzugehen. Und vielleicht könnte ich, stur wie ich bin, beides aufbringen. Aber ...

Ein anderer Teil, tief in meinem Innern, ist sich sicher, dass ich einfach nicht das Talent habe, das nötig wäre, um diesen Beruf zu ergreifen. Egal, wie gut ich einmal bei einem Schülerwettbewerb abgeschnitten habe oder wie gern mir heute kranke und alte Menschen zuhören.

Was, wenn ich es versuche, nur um dann festzustellen, dass mein bisheriges Publikum einfach zu wohlwollend war? Was, wenn ich in Wahrheit nicht das Zeug dazu habe? Zwischen mir und meinem Traumjob steht ein undurchdringliches Dickicht aus Angst und Selbstzweifeln. Ganz gleich, wie oft ich es in Gedanken durchspiele, ich komme nicht darüber hinaus.

Doris jault auf. Mein resoluter Sprint die Stufen hinunter ist für die alternde Hundedame zu viel des Guten.

Ich halte auf dem Absatz an. „Na gut", knurre ich, beuge mich zu der Promenadenmischung hinunter und hebe sie hoch. „Dann trage ich dich eben. Aber wehe, du lässt mich da draußen hängen. My way or the highway, Schwester!"

18 – Töpfe und Deckel

Nach dem Gassigehen empfängt mich eine griesgrämige Gina in unserer Wohnung.

„Sie sind weg", pflaumt sie mich an.

„Wer?", frage ich und schäle mich aus der Jacke, die tatsächlich nicht meine, sondern die meiner Mitbewohnerin ist.

Sie reißt mir das Kleidungsstück prompt aus der Hand. „Na, Sam und Paul! Wer sonst?"

Ich versuche, nicht schuldbewusst zu schauen, als ich aus den Stiefeln schlüpfe und Doris von der Leine losmache. „Also haben sie eine Ferienwohnung gefunden?"

„Ja!", sagt Gina. Immer noch in einem Ton, als wäre das mein Verschulden gewesen. „Rex hat vorhin angerufen. Er hat etwas für sie gemietet."

„Na also." Ich richte mich auf. „Klingt doch gut!"

„Gut?", wiederholt Gina gereizt. „GUT?" Sie schnaubt. „Wegen dir hockt mein neuer Lover jetzt in Fichtingen!"

Ich schaue ihr in die Augen. „Dann fahr doch hin und sei bei ihm! Du hast doch ein Auto!"

„Nein", keift sie mich an. „Habe ich nicht. Ich habe es den Jungs geliehen, weil sonntags nicht mal ein verdammter Bus in dieses Kaff fährt."

„Na, dann kann Paul doch jederzeit zu dir fahren." Mir ist immer noch nicht klar, wo das Problem liegt.

„Nein, kann er nicht!" Gina stampft mit dem Fuß so energisch auf, dass die Hündin zwischen uns erschrocken aufjault. „Er glaubt, er muss Sam jetzt moralischen Beistand leisten, weil du seinen *Bro* attackiert hast."

„*Attackiert*?" Jetzt bin ich diejenige, die lauter wird. „Ich habe ihm nur die gleiche Wahrheit serviert, die er mir aufgetischt hat."

Ich dränge mich an Gina vorbei in die Küche.

Sie geht mir nach. „Was hast du zu ihm gesagt?"

Ich lasse mir Zeit mit meiner Antwort. Zuerst trinke ich einen Schluck Wasser und prüfe, ob zufällig noch Kaffee in der Filterkanne ist.

„Hannelore! Beantworte meine Frage!", fordert mich meine Mitbewohnerin auf.

Härter als nötig stelle ich meinen Trinkbecher auf der Arbeitsplatte ab. „Nenn mich nicht so!", fauche ich. „Du klingst schon wie meine Mutter."

„Gute Idee", zischt Gina und tritt näher an mich heran, „Warum rufe ich Edwina nicht einmal an, damit sie dich zur Vernunft bringt?"

„Wage es nicht!", drohe ich ihr.

„Dann sprich mit mir!" Ihr erhitztes Gesicht ist nur Zentimeter von meinem entfernt. „Was war da los zwischen euch?"

Ein genervter Laut entfährt mir. „Sam ... hat ..." Ich beiße mir auf die Lippe. „Er hat mich provoziert, okay? Er hat gefragt, warum ich das mit dem Hörbuchsprechen noch nicht angegangen bin."

„Und?" Gina sieht mich abwartend an. „Das war's? Er stellt dir eine Frage und du eskalierst?"

„Es ... Es hat mich gereizt, okay?" Ich schiebe mich an ihr vorbei zum Tisch. „Und ich war schon angespannt und unausgeschlafen und irgendwie nervös ..." Ich setze mich hin und fahre mir mit beiden Händen durchs Haar. „Ich konnte in dem Moment irgendwie nicht anders. Es ist so aus mir herausgeplatzt."

„Was?", fragt sie und ich höre, dass sie um Beherrschung ringt, als sie sich neben mir auf einen Stuhl sinken lässt. „Was ist aus dir herausgeplatzt?", präzisiert sie mit etwas ruhigerem Ton.

Ich schlucke. „Ich habe ihn vielleicht ..." Verlegen beiße ich mir auf die Unterlippe. „Vielleicht gefragt, warum er nicht mehr auf der Bühne steht, wenn er so an das Verwirklichen von Lebensträumen glaubt."

Gina seufzt. Tief. Inbrünstig. „Ach, Hanni." Sie schließt kurz die Augen. „Das ist ein ganz schwieriges und heftiges Thema für Sam."

Mein Herz sackt ein Stockwerk tiefer. Irgendwie wusste ich das.

Ich wusste es und ich habe dennoch gesagt, was ich gesagt habe. Und jetzt schäme ich mich dafür. Ich bin unsicher, ob ich Ginas nächste Worte überhaupt hören will.

„Weißt du, er liebt Musik", erzählt sie mir und legt eine Hand auf meinen Arm. „Er liebt sie so sehr, dass es ihn schon zweimal fast zerrissen hat."

Ein Kloß bildet sich in meinem Hals. „W-Was ist passiert?", krächze ich.

Gina holt tief Luft. „Also, du weißt ja, dass Sam, Costas, Arne, Zhuri und ich alle gemeinsam an der Realschule waren?"

Ich nicke.

„Sams Vater war damals Musiklehrer an unserer Schule. Er war ..." Sie seufzt. „Er war einer von den coolen Lehrern, verstehst du? Echt beliebt im Kollegium und bei seinen Schülerinnen und Schülern. Und, Sam, ich meine, er hat ihn geliebt. Regelrecht vergöttert. Hat ihm total nachgeeifert. Seine Leidenschaft für die Musik kommt von seinem Vater."

Ich beobachte, wie Ginas Schultern herabsacken, als sie weiterspricht.

„Und dann hat sein Vater Mist gebaut. Er hat Sams Mutter betrogen." Sie schüttelt bedauernd den Kopf. „Mit der Schulleiterin. Die ebenfalls verheiratet war. Mit einem Stadtrat."

„Oh Gott ..." Ich nehme meine Brille ab und reibe mir über die Augen.

„Ja." Gina beißt sich auf die Lippe. „Sams Eltern haben sich scheiden lassen. Die Trennung war hart und aufgrund der Beteiligten so öffentlich, wie sie es in einer Stadt wie Buchingen nur sein kann." Wieder seufzt meine Mitbewohnerin auf. „Es war *das* Thema auf dem Schulhof. Er ist beschimpft worden wegen dem, was sein Vater gemacht hat. Sogar in der Abendzeitung, diesem beschissenen Klatschblatt, gab es einen Kommentar dazu." Sie kratzt mit ihren Nägeln über den Tisch. „Sam war 16 und es war ... Es war viel für einen Teenie, was da um ihn herum abgegangen ist. Und in der Familie war es noch viel schlimmer. So wie er es mir erzählt hat, haben seine Großeltern und Anverwandten alle zu seinem Vater gehalten ... Haben der

Mutter die Schuld für die Untreue gegeben, weil sie, anstatt die umsorgende Ehefrau zu sein, ihre eigene Karriere weiterverfolgt hat."

Ich blicke auf. „Was?"

Gina hebt eine Braue. „Unglaublich, nicht?" Sie greift nach meinem Becher und genehmigt sich einen Schluck. „Es war so mies. Sams Mum ist einfach megacool und eine richtig krasse Software-Entwicklerin. Die wollten sie fertigmachen, aber sie hat sich den Scheiß nicht gefallen lassen und ist so schnell wie möglich weggezogen. Gut für sie, aber für Sam ..." Gina seufzt. „Er war echt fertig. Wusste nicht, ob er an der Schule bleiben soll oder kann ... Ob er den Abschluss schafft ..." Sie fegt mit ihrer Hand einige Krümel vom Tisch. „Er war auch kurz davor, die Musik hinzuschmeißen. Sein ganzes Talent, seinen Traum von der Karriere als Sänger und Bassist ... Aber die Band war für ihn da. Die Jungs und Zhuri haben ihm Halt gegeben." Sie zuckt mit den Schultern. „Er hat die letzten Monate des Schuljahrs und die Prüfungen hinter sich gebracht. Er hat es auch irgendwie geschafft, sich mit der Musik zu versöhnen. Aber nicht mit seinem Dad ..." Sie streicht sich eine Strähne hinters Ohr. „Seit dem Schulabschluss ist zwischen ihnen Funkstille. Sam besucht seinen Vater nicht, wenn er in Buchingen ist. Er redet nicht über ihn ... Dieser Teil seiner Familie ist für ihn quasi gestorben."

„Verdammt ..." Ich denke an die kleine Frau Fiedler aus dem Lilienhof. Denke an Sam und das, was er als Kind durchhalten musste. „Und ich frage ihn, warum er nicht mehr auf der Bühne steht."

„Oh, er ist danach wieder aufgetreten", sagt Gina. „Zumindest für ein paar Jahre."

„Ach so?" Ich frage mich, welche Tragödie nun kommt.

„Sein endgültiger Abschied von der Bühne kam Jahre später." Sie lacht, aber nicht amüsiert. „Wegen Nora."

„Seiner Ex?", frage ich und sofort sehe ich Sams Tattoo vor meinem inneren Auge. Das Liebeslied, das er wegen ihr für immer unter der Haut trägt.

„Erinnerst du dich, dass ich dir erzählt habe, dass sie *mehr* für ihn wollte?" Gina lehnt sich zu mir, als würde sie mich in eine Verschwörung einweihen.

„Jaaa", antworte ich gedehnt.

„Also, Noras Traum war es, dass Sam reich und berühmt wird." Sie schnalzt mit der Zunge. „Ich meine, ja, er hatte – nein, hat – absolut das Zeug dazu. Aber für Sam war es immer undenkbar, *Sorry Sam* zu verlassen. Wenn der große Durchbruch kam, dann sollte er für die ganze Band kommen."

„Aber seine Freundin sah das anders?", rate ich.

Gina nickt. „Sie hat irgendeinen Typen von einer Plattenfirma zum Konzert geschleppt. An dem Abend hat Sam auf der Bühne *I Don't Want To Miss A Thing* für sie gesungen und ihr vor dem versammelten Publikum einen Antrag gemacht."

„Wow", hauche ich. „Krasse, romantische Geste."

„Ein bisschen dick aufgetragen, wenn du mich fragst", meint Gina augenrollend. „Aber, egal. Jedenfalls kommt sie auf die Bühne ..."

Ich nicke, wohl wissend, dass sie mir gleich eine Wendung der Ereignisse servieren wird.

„Sie nimmt tränenreich seinen Antrag an, geht mit ihm in den Backstage-Bereich und dann ist da dieser Scout." Gina nimmt noch einen Schluck aus meinem Glas, als könnte sie die Spannung selbst kaum aushalten. „Und Nora sagt Sam, dass sie nur mit ihm vor den Altar tritt, wenn er das Angebot dieses Typen annimmt, die Band fallen lässt und ein großer Star wird."

„Bitte was?" Mir steht der Mund offen.

„Heftig, oder?" Gina lehnt sich auf ihrem Stuhl zurück. „Und Nora, dieses fiese Stück, dachte wirklich, sie kriegt ihn dazu. Aber Sam hat Schluss gemacht. An Ort und Stelle. Hat ihr sogar den Ring wieder abgenommen."

„Nachvollziehbar", sage ich anerkennend.

Gina pflichtet mir bei. „Aber danach ..." Ihr Gesicht nimmt einen gequälten Ausdruck an. „Da ging es ihm echt dreckig, Hanni. Er war überzeugt, dass die Musik ihm nichts als Ärger macht und hat ..."

„... beschlossen, nicht mehr aufzutreten", beende ich ihren Satz, als es mir dämmert.

Gina nickt. „Er lässt es sich nicht anmerken." Ihr Blick schweift ab, als würde sie in Gedanken ihren Schulfreund sehen. „Aber das mit der Musik quält ihn. Er liebt und hasst sie gleichzeitig." Ihre Augen wandern zu mir. „Er braucht noch Zeit, um zu heilen. Deswegen steht er nicht auf der Bühne. Deswegen meidet er das Rampenlicht."

Ich lege die Ellenbogen auf den Tisch und lasse mein Gesicht darauf fallen.

„Ich habe mich so bescheuert verhalten", jammere ich gegen das Holz der Platte.

„Ich weiß." Gina tätschelt mir das Haar.

„Aber ich wusste es nicht!", heule ich weiter.

„Ich weiß", ist Ginas nüchterne Antwort.

Ich schniefe, weil mir jetzt tatsächlich die Tränen kommen. Ich kann nicht einmal sagen, ob es Tränen der

Frustration oder der Trauer sind. Aber ich krächze: „Er hasst mich jetzt bestimmt."

„Nein, Hanni." Sie hebt meinen Kopf an. „Er hasst dich nicht, Schätzchen."

„Woher willst du das wissen?", brumme ich.

„Weil ich Sam kenne, okay?" Sie kneift mir in die Wangen. „Und ich weiß, wie er die Mädels ansieht, die ihm gefallen. Gott, wie oft habe ich diesen Blick bei ihm gesehen und mich geärgert, dass er nicht mir galt."

Mein Gesicht fühlt sich warm an, während ich ihrem Gelächter lausche.

Gina tippt mir auf die Nase. „Ja, ich meine damit, dass er dich so ansieht, du kleiner Dickkopf."

„Hey!" Ich richte mich auf.

„Sorry, aber einer muss es dir sagen", urteilt sie. „Du bist viel zu dickköpfig. Du gibst den Menschen nie eine Chance, sich zu erklären, weil du so ungeduldig bist, und du könntest wirklich ein bisschen weniger ..."

„... *pampig* sein?", frage ich mit einem schuldigen Lächeln auf den Lippen.

„Sag bloß, das hat dir schon einmal jemand gesagt!" Sie reißt überrascht die Augen auf. „Wer? Jona? Edwina?"

„Sam", gebe ich kleinlaut zu.

Gina lacht. „Oh, wow, er kennt dich gerade mal zwei Tage und durchschaut dich schon." Sie klopft mir auf die Schulter. „Das klingt, als hättest du den Deckel zu deinem Topf gefunden."

Ich lache trocken und stehe auf, um meinen Becher neu zu befüllen. „Irgendwie fällt es mir schwer zu glauben, dass dieser spezielle Deckel noch mal auf meinen Topf ..." Ich schüttele den Kopf. „Nein, vergiss es. Die Analogie ist Mist."

Als ich mich zu Gina umdrehe, grinst sie breit. „Ich sag dir was, du kleines, verbeultes Töpfchen." Sie kommt zu mir und schließt mich in die Arme. „Wir kriegen das schon wieder hin. Du arbeitest an dir und ich arbeite an Sam und dann sprecht ihr euch mal aus, damit ihr endlich ..." Sie stockt. „Na ja, sozusagen Eintopf kochen könnt."

„Gina!" Ich winde mich aus ihrer Umarmung.

„Was?", lacht sie. „Hanni, es wird echt mal wieder Zeit für eine vollwertige Mahlzeit bei dir. Seit Kilian dich sitzen gelassen ..."

Ich werfe ihr einen bitterbösen Blick zu.

„... und, ähm, mir die Möglichkeit gegeben hat, deine Lieblingsmitbewohnerin zu werden", versucht sie, die Situation zu retten. „Seitdem bist du quasi auf Diät und das kann ich mir als Fitness- und Gesundheitsexpertin echt nicht mitansehen."

Ich starre sie an. Unschlüssig, ob ich sie für diese Einschätzung meines Liebeslebens umarmen oder ohrfeigen sollte. „Du weißt, dass ich keine schnelle Nummer oder einen Lückenbüßer suche ...", gebe ich zu bedenken.

„Ja", versichert sie mir. „Und genau deswegen sind du und Sam perfekt füreinander. Ihr müsst nur mal, na ja, voneinander kosten."

Ich wende mich genervt ab.

„Was?", ruft sie mir hinterher, als meine Zimmertür krachend ins Schloss fällt. „Was hast du gegen Kostproben?"

19 – Eine unverhoffte Einladung

Am Mittwoch sitze ich hinter dem Empfang im Fitnessstudio, ein Kinderbuch bedeckt die Tastatur meines PCs. Der Andrang der Morgensportler ist abgeebbt und nun gibt es bis zum Nachmittag eher wenig für mich zu tun.

Mein Job besteht im Grunde darin, Spindschlüssel auszuhändigen, Zehnerkarten abzustempeln oder den Premium-Mitgliedern des Studios ihr Gratis-Wasser zu geben. Aber gerade fällt nicht einmal das an.

Es ist kurz nach halb 10 und während der typischen Bürozeiten kommen nur wenige Menschen zum Training. Also vertreibe ich mir die Zeit mit einer Geschichte. Heute ist es *Der geheime Garten* von Frances Hodgson Burnett, aus dem ich am kommenden Samstag im St. Lioba vorlesen werde. Schwester Felicitas hat die Lektüre schon abgesegnet und die neuen Fläschchen mit Feenstaub, die für *Peter Pan* gedacht waren, habe ich zu *magischem Blütenstaub* umdeklariert. Ich freue mich darauf, die Kinder wiederzusehen und damit zu überraschen. Dass die Vorbereitungen auf die Lesung mich von einem gänzlich anderen Problem ablenken, ist nur ein zusätzlicher Bonus.

Ich seufze und nehme einen Schluck aus einer der Gratis-Wasserflaschen, die ich für mich selbst geöffnet habe. Doch schon diese kurze Unterbrechung, dieser kleine Moment, in dem ich aus der Geschichte auftauche, reicht aus, um meine Gedanken wieder abtrünnig werden zu lassen. Um mich zurück zu Sam zu führen. Seit mir in vollem Umfang bewusst geworden ist, was ich ihm am Sonntag an den Kopf geworfen habe, plagt mich das schlechte Gewissen.

Gestern war ich kurz davor, Gina um seine Nummer zu bitten, weil ich dieses überwältigende Bedürfnis habe, mich bei ihm zu entschuldigen. Aber ich habe es bisher nicht getan. Die Vorstellung, mich wieder irgendwie danebenzunehmen, wieder in einen wunden Punkt von ihm zu stechen oder einfach diese reizbare und ungehobelte Person zu werden, die ich am Sonntag war, hält mich davon ab. Ich weiß nicht einmal, ob ich noch zum *Tanz in den Mai* gehen soll, auch wenn mein Herz bei dem Gedanken, ihn wiederzusehen, höherschlägt.

„Ugh", entfährt es mir und ich streiche mir durch die Haare.

Was macht dieser Mann nur mit mir? Es fühlt sich an, als hätten die zwei Tage, die er in unserer Wohnung verbracht hat, mein ganzes Innenleben auf den Kopf gestellt.

Allein schon, dass ich das denke, sollte doch eine Art Warnsignal sein, oder? Man sollte sich nicht in Menschen verlieben, bei denen man das Gefühl hat, den Verstand zu verlieren.

Aber ... Die Andeutungen von Gina, dass da etwas zwischen ihm und mir sein könnte ... oder sogar schon wäre ... Sie bringen mein Blut in Wallung. Ich sehe seine Augen, spüre seinen Blick auf mir, ich höre seine raue melodische Stimme. Die Erinnerungen verschlingen sich mit Bildern aus meinen Träumen.

Ja, Träumen. Plural.

Ich träume von ihm und es hilft mir überhaupt nicht dabei, ihn mir auszureden. Ich bin nur eines seiner atemberaubenden Lächeln davon entfernt, mich zurück in eine völlig hormongesteuerte Teenagerin zu verwandeln. Aber ich bezweifle, dass er mich je wieder anlächeln wird nach diesem entsetzlichen Gespräch am Sonntag.

Hätte ich doch nur meinen Mund gehalten ...

Warum werde ich eigentlich immer im falschen Moment so schlagfertig? Warum kann ich nicht ruhig bleiben?

Eine Nachricht ploppt auf dem Display meines Handys auf. Sofort checke ich die willkommene Ablenkung. Sie kommt von einem Altenpfleger aus dem Lilienhof, mit dem ich mich immer mal wieder bezüglich meiner ehrenamtlichen Tätigkeit abstimme. Er teilt mir mit, dass es Lenz nicht so besonders geht.

Mein Herz wird schwer.

Ich weiß, dass der alte Herr nur selten Besuch bekommt. Spontan sage ich zu, nach Feierabend einen Krankenbesuch zu machen. Auch wenn Lenz immer ziemlich mürrisch ist, wird er sich hoffentlich freuen.

Am späten Nachmittag gehe ich in den kleinen Supermarkt neben dem Fitnessstudio. Ich suche eine Packung Teegebäck in der Süßwarenabteilung aus – auch wenn ich mir denken kann, dass Lenz ein paar Schnapspralinen lieber wären. Aber das Risiko, dass ein alkoholisches Mitbringsel mit seinen Medikamenten kollidiert, gehe ich lieber nicht ein.

Im Seniorenheim angekommen, steuere ich den Speisesaal an. Dort wird gerade das Abendessen abgeräumt und ich schaue mich nach jemandem um, der mich in Richtung von Lenz' Zimmer lotsen kann.

An einem Fenstertisch entdecke ich Dr. Steinbeiß und Dr. Meier, die über den Resten ihres Puddings in eine Unterhaltung vertieft sind. Ich überprüfe noch einmal, dass meine Schutzmaske richtig sitzt, bevor ich an die beiden herantrete.

„Guten Abend, die Herren Doktoren", begrüße ich sie.

„Nanu, Fräulein Schleich?" Dr. Meier rückt sein Monokel zurecht. „Haben Sie sich im Tag geirrt?"

Dr. Steinbeiß räuspert sich und sieht seinen Sitznachbar tadelnd an. „Sicher hat das Fräulein einen Grund, heute hier zu sein." Er räuspert sich. „Können wir Ihnen irgendwie helfen?"

„Ich suche das Zimmer von Lenz." Wie als Beweisstück für meinen Krankenbesuch halte ich den Karton mit den Plätzchen hoch. „Ich habe gehört, es geht ihm heute nicht so gut."

Die beiden Herren nicken bedauernd. „Die Grippe hat hier einige überfallen. Frau Fiedler hat es gestern auch erwischt."

„Oje." Ich seufze. „Und Sie beide halten sich wacker?"

„Einen Mediziner wirft so schnell nichts um!", behauptet Dr. Steinbeiß und strafft seine Haltung.

„Das ist schön zu hören." Ich nicke den Herren zu. „Wären Sie so freundlich, mir die Richtung anzuzeigen? Zu Lenz?"

„Oh, da müssen Sie nur den Gang runter", sagt Dr. Meier.

„Die letzte Tür links. Sie werden den lauten Fernseher schon von Weitem hören.", ergänzt Dr. Steinbeiß.

Ich bedanke mich für die Auskunft und überlasse die beiden Männer wieder ihrem Nachtisch. Der Gang zu Lenz' Zimmer ist breit und nicht sehr lang. Wie angekündigt höre ich laut die monotone Stimme eines Nachrichtensprechers, als ich anklopfe.

„Ich brauche nichts!", schallt es von drinnen, gefolgt von einem erschütternden Husten.

Ich drücke sachte die Türklinke hinunter. „Lenz, ich bin es, Hanni Schleich."

„Fräulein Schleich?" Er hebt den Kopf, als ich eintrete. „Was tun Sie denn hier?"

„Nur ein kurzer Krankenbesuch." Ich mache ein paar Schritte auf sein Bett zu. „Ist das in Ordnung?"

Er nickt eifrig. „Natürlich." Ein Husten unterbricht seine aufgeregte Zustimmung. „Setzen Sie sich."

Ich rücke einen Stuhl heran. „Ich dachte, ein bisschen Gebäck hilft vielleicht. Wenn man schon Tee trinken muss ..." Ich lege den Karton auf den Nachttisch.

Lenz lächelt, sagt aber trotzdem: „Schnaps wäre besser gewesen."

Ich kichere in mich hinein. „Und was schauen wir?", frage ich mit Blick zum Fernseher. „Nachrichten?"

„Ich will nur wissen, wie morgen das Wetter wird", meint der alte Herr schulterzuckend. „Wäre gut, wenn es nicht so nass wäre." Er wackelt mit den Augenbrauen. „Dann rutsche ich bei meinem Ausbruch nicht aus."

Etwa 15 Minuten später bin ich wieder auf dem Gang.

Gerade, als ich denke, auf dem weiten Flur ganz allein zu sein, tritt aus einer der Zimmertüren ein junger Mann. Es dauert einen Moment, ehe ich ihn hinter der Atemschutzmaske erkenne.

„Sam?" Ich bleibe wie angewurzelt stehen.

Er fährt herum. „Hanni?"

Automatisch möchte ich ihn fragen, was er hier tut, aber dann wird es mir direkt klar: Er hat Irma Fiedler besucht. Ein Blick auf das Namensschild neben der Tür bestätigt meinen Verdacht.

„Ich dachte, du bist hier nur sonntags", beendet Sam die Stille zwischen uns.

„Krankenbesuch", antworte ich knapp. „Ich habe nur kurz ein paar Kekse und Besserungswünsche übergeben."

„Verstehe." Er nickt und lässt seinen Blick wandern. „Ich habe gerade meine ... ähm ... Großmutter besucht."

„Gut", sage ich, „das ist gut."

Seine grauen Augen kommen zur Ruhe und fixieren sich auf mich. „Du wusstest es, oder?" Er bewegt seinen Kopf in Richtung der Tür, die er gerade hinter sich geschlossen hat. „Dass sie meine Oma ist und dass ich sie nie besuche?"

Ich zögere, aber dann nicke ich doch.

„Wow ..." Er fast sich in den Nacken. „Ich wette, du hast jetzt eine echt hohe Meinung von mir."

„Ich ..." Ich suche nach den richtigen Worten. „Ich denke, das ist eine Familienangelegenheit."

Er blinzelt. „Oh Mann ... Und meine traurige Familiengeschichte kennst du offensichtlich auch. Perfekt. Danke, Gina."

Ich schiebe meine Hände in die Taschen meiner Jeans. „Sam, es tut mir ..."

„Schon gut. Das muss dir nicht leidtun. Ist ja nicht deine Family." Er winkt ab und will sich schon zum Gehen wenden.

„Nein, mir tut es leid, wie ich am Sonntag reagiert habe, als du mich nach dieser Hörbuchsache gefragt hast", stelle ich klar.

Er hält in seiner Bewegung inne.

„Es war einfach ..." Ich habe Hemmungen, mich zu erklären, aber ich möchte reinen Tisch machen. „Du hast bei mir einen wunden Punkt getroffen und ich bin einfach ... eskaliert, schätze ich."

Sam nickt langsam. „Das tut mir leid." Er streicht durch sein Haar. „Ich wollte dich nicht ... in die Enge treiben oder so." Ich denke, dass er lächelt, auch wenn ich seinen Mund nicht sehen kann. „Und was du gesagt hast ... So schlimm war's auch wieder nicht. Ich schätze, ich habe einfach nicht erwartet, dass du direkt zurückfeuerst." Er lacht leise. „Du hast mich sogar Samson genannt. Wie meine Mutter früher."

Ich spüre meine Wangen prickeln. „Sorry."

Er zwinkert mir zu. „Also das mit der strengen Stimme hast du echt drauf. Falls du jemals so eine Figur sprechen musst ..."

Jetzt muss ich auflachen. „Danke, gut zu wissen."

Wir setzen beide zaghaft einen Fuß vor den anderen, fallen nach und nach in eine Art Gleichschritt, während wir in Richtung Ausgang gehen.

„Was hast du heute noch vor?", fragt Sam, als die große Doppeltür nach draußen in Sicht kommt.

Ich zucke mit den Schultern. „Daheim meine strenge Stimme üben?", witzele ich und löse die Maske von meinem Gesicht.

Wir treten in die kühle Nachtluft.

„Dann komm doch mit mir und der Band in die Kneipe", schlägt er vor und macht sich ebenfalls an den Gummibändern über seinen Ohren zu schaffen.

Ich runzele die Stirn. „In welche Kneipe?"

„Eulenspiegel", antwortet Sam knapp. „In Fichtingen. Gina kommt auch mit. Wir haben verabredet, dass ich sie abhole. Mit ihrem Auto", fügt er grinsend hinzu.

„Wie nobel von dir." Ich gebe vor, kurz zu überlegen. „Na gut, bin dabei."

Etwas flackert in seinen Augen. „Cool. Dann steig mal ein!"

Er legt sachte eine Hand auf meinen Rücken und schiebt mich in Richtung des Wagens, der am Straßenrand steht. Die zarte Berührung ist elektrisierend, obwohl zwei Lagen Stoff zwischen seiner Hand und meiner Haut liegen. Ich bin fast ein wenig enttäuscht, als er sie fortnimmt, um mir die Tür zu öffnen.

„Galant", kommentiere ich.

„Tja, so bin ich", behauptet er und deutet eine Verbeugung an.

„Schläfer-Agent. Ich erinnere mich." Ich tippe mir an die Stirn und nehme auf dem plüschigen Sitz Platz. Mit den Augen verfolge ich, wie Sam das Auto umrundet und auf der Fahrerseite einsteigt.

„Na, dann!", freut er sich, als er den Motor startet. „Auf in die Nacht!"

20 – Vom Boden des Glases

Ich wünschte, ich wäre heute Nacht nicht hierhergekommen. Die kleine, rustikale Kneipe ist zum Bersten voll. Ich sitze, eingeklemmt zwischen Rex und Arne, an der Bar, während Sam am anderen Ende der Theke in ein Gespräch mit Costas und Zhuri vertieft ist. Gina und Paul haben die letzten beiden Sessel an einem der niedrigen Couchtische ergattert. Aber dass ich nicht bei ihnen oder bei Sam sitzen kann, ist nicht das Problem.

Das Problem habe ich zwei Plätze weiter entdeckt.

Es heißt Kilian.

Da verlasse ich einmal die Stadt, um auszugehen, und treffe ausgerechnet auf meinen Ex! Sein zurück gegelter Schopf ist mir sofort beim Betreten des *Eulenspiegels* aufgefallen. Er hat ein bisschen länger gebraucht, um mich zu bemerken. Und er hat mir zugenickt, als wäre ich einer seiner Bekannten aus dem Kegelverein. Als wären wir nicht vor einem halben Jahr noch ein Paar gewesen. Mit einer gemeinsamen Wohnung und gemeinsamen, wenn auch eher vagen, Zukunftsplänen.

Der Jack Cola vor mir – der einzige „Cocktail" auf der Karte der Kneipe – reicht nicht annähernd aus, um die

Erinnerungen an meine misslungene Beziehung fortzuspülen. Immer wieder schiele ich zu Kilian und der Blonden, der er einen Drink nach dem anderen ausgibt.

Pah. Das kann ich auch!

Ich hebe den Finger, um die Aufmerksamkeit des Wirts zu bekommen.

„Noch einen, bitte", sage ich und deute auf das beinahe leere Glas in meiner Hand.

Er wirft mir einen zweifelhaften Blick zu. „Habt ihr ein Auge auf sie?", fragt er dann meine Sitznachbarn, anstatt meine Bestellung zuzubereiten.

Rex nippt still an seinem Bier, aber Arne legt einen Arm um mich und sagt zuversichtlich. „Klar, Meister."

Der mittelalte Mann hinter der Theke nickt knapp und greift sich dann ein frisches Tumbler-Glas. „Das ist jetzt der dritte. Ich hoffe, du weißt selbst, wann du genug hast, Mädchen", ermahnt er mich, als er mir das Getränk hinstellt.

Ich schließe die Augen, damit er nicht sehen kann, wie ich sie verdrehe. Wortlos schiebe ich das leere Glas zu ihm rüber und greife mir die neue Mischung aus Whiskey und koffeinhaltiger Limonade. Dann winde ich mich aus Arnes halber Umarmung und nehme zwei Schlucke von dem eisgekühlten Getränk.

„Ist alles okay, Hanni?", fragt mich der Gitarrist.

Ich fahre über den Rand meines Glases. „Alles bestens, Arne."

Gott, kann eine Frau nicht einmal in Frieden etwas trinken? Ohne dass ein Barkeeper ihr das Getränk verwehrt oder ein Sitznachbar sich Sorgen macht?

„Entschuldigt mich kurz", murmele ich leise und zwänge mich aus meinem Sitz.

Mit meinem Glas in der Hand schiebe ich mich zwischen den Menschen, die jeden freien Tisch sitzend oder stehend umkreisen, hindurch. Vorhin habe ich beobachtet, wie ein paar Raucher nach draußen gegangen sind. Ich hab nichts übrig für Zigaretten, aber tausche nur zu gern den Geruch von verschüttetem Bier und einem Dutzend verschiedener Bodysprays gegen ein wenig rauchige, kühle Nachtluft.

Vor der Tür stehen nur vier oder fünf Leute. Ich kann von ihnen nicht viel mehr als die glimmenden Enden ihrer Zigaretten ausmachen. Sie lassen mich in Ruhe, als ich mich seufzend an die Fachwerkwand lehne. Ich lasse den Kopf nach hinten sinken und schließe die Augen. Mir gefällt das leichte Taumeln, das ich dabei spüre. Es ist besser, die Gedanken schwindelnd vorbeiziehen zu lassen, als mich zu fragen, warum ich mich allein betrinke, während mein Ex gerade die schönste Frau des Lokals erobert. Mir hat er nie Drinks spendiert. Wahrscheinlich, weil ich ihm ohnehin schon völlig verfallen war.

Ich schnaube und nippe an meinem Glas.

Wie naiv ich doch war!

„Hanni?"

Ertappt richte ich mich auf, als ich Sams Stimme vernehme.

„Hey." Seine Wärme manifestiert sich neben mir. „Was machst du hier draußen ganz allein?"

„Trinken", antworte ich knapp und proste ihm, in dessen Hand ich kein Glas erkennen kann, zu.

Seine Augen glänzen im schwachen Schein der Straßenlaterne. „Cola?", fragt er.

„Besser." Ich grinse. „Jack Cola." Dann breche ich, ohne es richtig kontrollieren zu können, in Kichern aus.

Dass ich außerdem gefährlich schwanke, merke ich erst, als Sam zur Stabilisierung seinen Arm um meine Hüfte legt. „Geht's dir gut?" Er klingt besorgt.

Wie süß.

„Ja, klar, mir geht's super", säusele ich. „Mein Ex gibt da drin seiner Lady Getränke aus. Und ich gebe mir selbst welche aus. Passt doch!"

„Okay." Er führt mich zu einer Bank, die mir im Halbdunkeln gar nicht aufgefallen war. „Setz dich doch kurz."

Ich tue, wie mir geheißen. Der Sitz ist nasskalt, aber was macht das schon? Ich spüre es gar nicht richtig.

„Dein Ex ist also da drin?", fragt Sam und nimmt mir behutsam das Glas aus der Hand.

„Jepp. In all seiner glorreichen ..." Ich überlege. „*Kilianheit*. Ist das ein Wort?"

Sam lacht leise. „Nein, aber ... könnte eins werden."

„Das würde ihm gefallen", pruste ich. „Diesem High-Achiever." Ich sollte aufhören, über meinen Ex-Freund zu reden. Aber meine Zunge ist gelöst und ich habe Redebedarf. „Er ist Filialleiter bei einer Bank, weißt du. Der jüngste im Landkreis."

„Beeindruckend", ist Sams Antwort.

Ich zwänge die Augen zusammen, um seine Miene auszumachen, doch sein Gesicht ist voller Schatten, die alle ineinander verschwimmen. Es ist unmöglich zu sagen, ob er das ernst oder ironisch meint.

„Er ist gar nicht so beeindruckend", fahre ich mit meiner Nörgelei fort. „Er wär's nur gern. Er ist so ein Typ, der immer größer und wichtiger sein will, als er es ist. Einer, der immer mehr will."

„Mehr?" Sam ist entweder sehr interessiert oder einfach nur bemüht, unser Gespräch aufrecht zu erhalten.

„Ja ..." Ich seufze. „Mehr Status, mehr Geld, mehr als eine Frau ..."

Einen Moment herrscht Stille. „Verstehe." Sam streicht über meinen Handrücken. „Er hat dich betrogen."

„Mehrfach", ergänze ich. „Wie gesagt. Kilian braucht immer mehr. Mehr, mehr, mehr." Ich lache. Es klingt hysterisch und schrill. Aus dem Augenwinkel sehe ich, wie sich das Glühen von Zigaretten in meine Richtung dreht.

Ich räuspere mich. „Ich will nicht *mehr*, weißt du." Ich bekomme Sams Hand zu greifen und zeichne seine Finger nach. „Ich habe mir abgewöhnt, mehr zu wollen."

Er rückt an mich heran. „Du verdienst aber mehr", sagt er nah an meinem Ohr. „Mehr als so einen Typen. Mehr als ..."

Er spricht nicht weiter, aber ein Teil von mir – der, der zumindest noch ein wenig nüchtern ist – ahnt, worauf er hinaus möchte.

„Mehr als irgendeinen Rezeptionistinnenjob", murmele ich.

Sam erwidert nichts. Ich kann es ihm nicht verübeln. Ich weiß selbst nicht, wohin dieses Thema jetzt führen würde. Jetzt wo ich die Wirkung meines Drinks mehr und mehr spüre.

Wo ist mein Glas überhaupt?

„Mein Getränk?", frage ich ihn.

Er zögert, holt dann aber den Jack Cola, den er wohl neben sich abgestellt hatte, hervor und drückt ihn mir in die Hand. Wenigstens einer, der mich selbst entscheiden lässt, wie viel ich trinken möchte.

Aber als ich einen großen Schluck aus dem Glas nehme, merke ich, dass der Durst verklungen ist. Ich habe keine Lust, mich mit dieser Mische wegzubeamen.

„Ich will nach Hause", sage ich trocken.

„Ich fahr dich", bietet Sam an, ohne eine Sekunde zu zögern. „Ich habe nur Fanta getrunken."

„Fanta." Ich glucke.

„Hey, Fräulein Ketchup", er stößt neckend gegen meinen Arm, „tu nicht so erwachsen."

Das habe ich verdient.

„Okay, dann ..." Ich hole tief Luft, aber es hilft nicht gegen den Schwindel. „Vielen Dank für das Angebot. Fahr mich bitte nach Hause, Samson." Auf wackeligen Beinen hieve ich mich von der Bank. „Aber zuerst muss ich meine Rechnung bezahlen."

„Warte doch einfach kurz hier." Er zieht mich sachte zurück auf die Sitzfläche. „Ich kümmere mich drum und komme gleich wieder."

„Du musst nicht mein Frustsaufen finanzieren", widerspreche ich.

„Werde ich auch nicht." Er lacht leise. „Ich schieße das Geld nur vor. Du kannst mich beim nächsten Mal einladen."

Beim nächsten Mal.

Irgendwie gefällt mir dieser Plan.

„Gut", willige ich ein und sehe ihm nach, als er zurück in die Kneipe geht.

Nur Minuten später kommt er, Autoschlüssel in der Hand klimpernd, zu mir zurück. „Also, Hannelore." Er hilft mir von der Bank hoch. „Ab nach Hause."

21 – Für und Wider

„Weissu", nuschele ich, als wir später das Treppenhaus erklimmen, „ich glaub, wir ziehen genau gegensätzliche Menschen an."

Sam lacht – oder keucht – auf. Einen Arm am Treppengeländer, den anderen um meine Taille, trägt er mich quasi die Stufen hinauf. „Wie meinst du das?"

„Na jaaa ...", antworte ich gedehnt. „Deine Ex wollte mehr für *dich*. Mein Ex wollte mehr für *sich*." Ich seufze. „Genau gegensätzlich. Aaaaber ..." Ich mache eine Kunstpause. „Beides kacke."

Nun lacht er wirklich. „Das würde ich nicht so verallgemeinern."

„Ich schon", entgegne ich stur und rümpfe die Nase. „Es ist beides gierig. Und Gier ist scheiße."

Wir erreichen den Absatz im fünften Stock, wo die Tür zu meiner und Ginas Wohnung ist.

„Mehr zu wollen, ist nicht das Gleiche, wie gierig zu sein", gibt Sam zu bedenken und setzt mich auf dem Türvorleger ab.

Ich stütze mich an den Türrahmen, während ich in meiner Tasche nach dem Schlüssel krame. „Ach nein?" Ich hebe herausfordernd eine Augenbraue. „Erleuchte mich!"

„Na ja." Er lehnt sich an die gegenüberliegende Seite der Tür. „Ich kann mehr wollen, ohne irgendeine selbstsüchtige Agenda zu haben."

„Quatsch." Ich schüttele den Kopf. „Irgendeinen Grund hat man immer. Und er ist mindestens zu ..." Ich überlege kurz. „Zu 82 Prozent egoistisch."

„Ziemlich gewagte und überraschend präzise Statistik." Sam gluckst.

Ich zucke mit den Schultern. „Stimmt bestimmt."

Meine Hand taucht wieder in die Tasche und tastet sich durch deren Inhalt.

„Und was, wenn ..." Er macht einen Schritt auf mich zu. „Wenn man nicht etwas *für* sich selbst oder *für* jemanden will, sondern ..." Er streicht über meinen Arm. „Wenn man etwas *mit* jemandem will? Ist das dann auch gierig?"

Ich runzele die Stirn. „Wie meinst du das? *Mit* we...?" Meine Stimme stockt, als ich zu ihm aufsehe und seinem Blick begegne.

In seinen Augen glüht etwas. Es ist keine Gier, aber nicht so weit weg davon. Meine ohnehin schon wackeligen Knie, werden ganz weich.

Ich räuspere mich. „Wir reden nicht mehr über Jobs und Status, oder?"

Einer seiner Mundwinkel zieht sich ganz leicht nach oben. „Nein", sagt er und ich kann nur wie gebannt auf seine Lippen starren, als sie das Wort formen.

„Ach so", sage ich, weil mir nichts Besseres einfällt.

Mein Atem geht schneller und meine Augen wandern seinen Hals hinab, über seine Schulter zu dem Arm, den er gerade neben mir an die Wand stemmt.

Er ist so nah bei mir, dass ich seine Wärme spüren und wieder diesen verführerischen Duft seines Aftershaves riechen kann. Was war das noch mal? Pfeffer? Kardamom? Irgendwas Holziges? Mir wird auf die gute Art schwindelig davon und im nächsten Moment fällt mir auf, dass sein Gesicht nur eine Handbreit von meinem entfernt ist.

Wird er mich jetzt küssen?

Ich schaue fragend, nein, bittend in seine tiefen, grauen Augen, die ganz auf mich gerichtet sind. Die Hand, mit der ich immer noch geistesabwesend in meiner Tasche wühle, erstarrt, just als sie das kühle Metall des Schlüsselbunds berührt.

Das klirrende Geräusch sprengt den Moment. Sam blinzelt, als wäre er aus einer Art Trance erwacht.

„Sorry", hauche ich und das Herz schlägt mir bis zum Hals. Ich ziehe die Hand aus der Tasche und präsentiere die Schlüssel. „Ich sollte dann mal ..." Etwas ungelenk mache ich Anstalten, den Schlüssel ins Schloss zu stecken. Dann halte ich mitten in der Bewegung inne. „Möchtest du noch mit reinkommen?"

Ich kann es kaum glauben, dass diese Frage meinen Mund verlassen hat, aber da ist sie. Purzelt zwischen uns wie ein Ball, den man mit zu wenig Schwung geworfen hat.

Beschämt vermeide ich es, Sam ins Gesicht zu sehen.

Er berührt mit seiner Hand mein Kinn, hebt es an, damit ich ihm in die Augen schaue. „Und dann?", fragt er mit einem Ton so samtig und weich wie ein Kissen. „Möchtest du, dass ich wieder auf deinem Gästebett schlafe?"

„Ich ..." Ich räuspere mich und erröte vorsorglich, weil ich das Angebot, das ich ihm jetzt machen werde, noch nie jemandem gemacht habe. Jedenfalls nicht in diesem Wortlaut. „Ich dachte eigentlich ..." Ich schlucke schwer. Mein Mund ist staubtrocken. „Du könntest zu mir auf die Matratze kommen."

Er lächelt und fährt mit dem Daumen über meine Unterlippe. „Das würde ich gern. Wirklich gern ..." Er schließt kurz die Augen. „Aber nicht heute."

„Was?" Ich verstehe nicht. Einen Moment glaube ich, hoffe ich, mich verhört zu haben.

„Es ist verlockend. Sehr sogar." Sams Stimme ist rau, beinahe ein Knurren. Als würde sie dasselbe Verlangen bezähmen, das auch ich spüre. „Aber es ist nicht richtig. Nicht so." Er lässt seine Hand sinken und bringt etwas Abstand zwischen uns.

„So?" Sofort vermisse ich seine Berührung.

Hatte ich etwas falsch gemacht?

Sam fährt sich durch die dunklen Haare, als wäre er mit seinem Beschluss selbst nicht zufrieden. „Du bist betrunken, Hanni." Er sieht mich entschuldigend an. „Ich kann nicht ... Ich will das nicht ausnutzen."

Mir klappt der Mund auf. „Ich bin vielleicht ein wenig ... beschwipst." Nervös streiche ich mir eine Haarsträhne hinters Ohr. „Aber nicht unzurechnungsfähig."

Er schüttelt bedauernd den Kopf. „Ist gegen meine Prinzipien. Sorry."

„Sam!" Ich bin empört. Ich dachte, ich hätte schon peinliche Abfuhren bekommen, aber das toppt alles. Meint er das ernst? „Was für eine Art Rockstar bist du eigentlich?", frage ich vorwurfsvoll.

Er lacht nur. „Hey, du weißt doch, dass ich auf der Reservebank sitze." Er streckt den Arm aus und streicht sanft über meine Wange. „Davon abgesehen besteht ein Musikerleben nicht nur aus Sex, Drugs and Rock 'n' Roll." Er überlegt kurz. „Na ja, zumindest nicht der Teil mit den Drugs." Er zwinkert mir zu und dreht sich um.

Er dreht sich wirklich um, um die Treppe wieder hinabzusteigen!

„Sam!", rufe ich ihm ärgerlich nach, als er schon beinahe am nächsten Absatz ist. „Glaub ja nicht, dass ich dich noch mal in mein Bett einlade, wenn ich wieder nüchtern bin!"

„Hanni." Er schaut grinsend über seine Schulter. „Es muss nicht in deinem Bett sein, Baby."

22 – Gesang der Seele

Von allen Getränken, die man beim *Tanz in den Mai* käuflich erwerben kann, klammere ich mich ausgerechnet an eine Fanta. Ich stehe am Rand des Fichtinger Marktplatzes, direkt neben einem Stand, an dem es auch köstliche Waldmeister-Bowle gegeben hätte, und schaue zur Bühne.

Ich habe lange damit gehadert, ob ich wirklich herkommen soll. Der blamable Abschied vom Mittwoch sitzt mir noch in den Knochen. Nicht einmal Gina habe ich erzählt, dass Sam mein sehr eindeutiges Angebot abgelehnt hat. Die offizielle Geschichte ist, dass ich an dem Abend viel zu viel getrunken habe und mich auch nach vier Tagen noch nicht an die Details erinnern kann.

Und ich wünschte wirklich, es wäre so.

Denn neben meinem misslungenen Versuch, den Typen, auf den ich ganz eindeutig abfahre, in mein Bett zu locken, ist mir auch mein Jack-Cola-Exzess unfassbar peinlich. Als ich am Donnerstag mit pochenden Kopfschmerzen meinen Rausch verarbeitet habe, habe ich lange darüber gegrübelt, warum mich die Begegnung mit Kilian so aus der Bahn geworfen hat. Und mir ist klar geworden, dass ich neidisch war. Neidisch, weil er schon wieder „back to business" ist.

Weil er ausgeht, sich amüsiert und flirtet – während ich versuche, mir jede neue Schwärmerei auszureden, und meine freien Abende lieber mit Bastelprojekten und Vorbereitungen für Vorlesestunden fülle. Weil er sich alles erlaubt, während ich mich noch immer dafür bestrafe, nicht genug für ihn gewesen zu sein. Während ich mir verbiete, etwas Neues zu wollen. Mehr zu wollen. Sam zu wollen.

Und ohne es zu wollen, hatte ich diesen einen Menschen, den ich will, auf einen Logenplatz für meinen ganz persönlichen Absturz gesetzt. Natürlich möchte Sam nichts mehr von mir, jetzt wo er mitangesehen hat, wie ich mich wegen meinem schäbigen Ex wegbeame.

Die Scham sitzt so tief, dass ich heute darauf verzichtet habe, mit Gina in den Backstage-Bereich zu gehen. Wie alle anderen Festbesucher auch, warte ich nun im öffentlichen Zuschauerraum darauf, dass *Sorry Sam* die Bühne stürmt.

Ich hatte allerdings nicht bedacht, wie seltsam es sich anfühlen würde, hier allein herumzustehen. Als Einzelne am Rand einer gefühlt riesigen Menschenmenge. Es ist, als hätte mich mein Date versetzt. Nur, dass ich gar kein Date habe, das mich hätte versetzen können. (Was die mitleidigen Blicke, die mir vor allem von vorbeilaufenden Frauen mittleren Alters zugeworfen werden, irgendwie noch unangenehmer macht.)

„Oh, wow, das wird klasse!", höre ich eine junge Frau neben mir freudig quietschen. Als ich hinsehe, entdecke ich die Blonde neben ihrer Freundin am Bowle-Stand. „*Sorry Sam* habe ich schon ewig nicht mehr gesehen!"

„Weißt du noch, als wir früher zu jedem Konzert von denen gepilgert sind?" Die andere wirft ihre dunklen Locken über die Schulter und lehnt sich an den Tresen. „Oh mein

Gott, ich war so verrückt nach Sam!" Sie lacht laut auf. „So peinlich!"

„Ich habe gehört, er ist nicht mehr der Frontmann. Er steht gar nicht mehr auf der Bühne", erklärt die Erste und es klingt, als wäre das etwas ganz Ungeheuerliches. „Er macht jetzt das Management oder so ..."

„Waaas?" Der entsetzte Aufschrei lässt nicht nur mich, sondern auch den Mann hinter der Theke, der den beiden gerade zwei randvolle Becher Bowle servieren wollte, zusammensacken. „Aber ich wollte so gern seine Stimme hören! Er singt so sexy ..."

Einvernehmliches Seufzen erklingt, während der junge Getränkeverkäufer hastig einen Lappen hervorholt, um seinen Tresen zu trocknen. Ich mustere ihn ein wenig mitleidig und nippe an meiner Limo.

In diesem Moment brandet Applaus auf. Der Jubel der Menge wird ohrenbetäubend, als etwa zwanzig Meter vor mir die Scheinwerfer der Bühne anspringen und ein wildes Gitarren-Riff über den Platz schallt.

Paul, Rex, Arne, Zhuri und Costas rennen auf die Bühne.

„Hallo Fichtingen!", ruft der Sänger in sein Mikrofon. „Are you ready to rock?"

Die Menge jauchzt. Rufe und Klatschen werden immer lauter.

Ich spüre mein Handy in meiner Hosentasche vibrieren. Als ich es hervorhole, sehe ich eine Nachricht von Gina auf dem Display.

„Komm nach vorne", schreibt sie. „Wir haben einen Platz für dich im Pressegraben."

Ich denke kurz darüber nach, ob ich zu meiner Mitbewohnerin und wem-auch-immer stoßen soll, tippe aber keine Antwort. Wahrscheinlich ist Sam auch dabei und ich weiß gerade nicht, ob ich wirklich schon bereit bin, ihm gegenüberzutreten. Außerdem erscheint es mir unmöglich, durch die tobende Menge bis vor zur Bühne zu gelangen.

„Leute", ertönt wieder Pauls Stimme. „Wir machen dem April heute richtig Beine und treiben euch in den Mai! Wir sind *Sorry Sam* und wir haben Rock im Blut!"

Ich lächle. Er weiß wirklich, wie man das Publikum mitreißt.

„Und nicht nur das, Ladies and Gentlemen", fährt er fort. „Heute haben wir eine ganz besondere Nummer für euch im Gepäck. Einen ganz besonderen Gast. Endlich wieder, hier in unserer Mitte, der beste Bassist der Welt ..." Er lacht und ich kann mir den frechen Blick, den er Rex zuwirft, bildlich vorstellen. „Und der zweitbeste Sänger, den diese Band jemals hatte. Unser Gründer, unser Namensgeber, unser Roadie und Manager ... Sam Fiedler!"

Die beiden jungen Frauen kreischen vor Begeisterung und mir stockt der Atem, als Sam auf die Bühne kommt. Eine Bassgitarre hängt an einem Gurt um seinen Oberkörper. Lang und schlaksig sieht er aus, als er neben Paul ans Mikro tritt. Der Sänger überlässt ihm das Wort.

„Hi", höre ich die Stimme, die mein Herz sofort zum Rasen bringt. „Danke für die freundliche Begrüßung."

Sam klingt verlegen und gleichzeitig glücklich. Ich wünschte, ich könnte sein Lächeln erkennen, aber dafür ist er zu weit entfernt. Hätte ich mich nur doch auf den Weg in den Pressegraben gemacht ... Aber jetzt ist es zu spät, oder?

„Ich kann nicht so gut mit Worten umgehen wie mein Kollege hier." Sam klopft Paul auf die Schulter, als er weiterspricht.

„Aber ich kann den Song noch auswendig, weil ...“ Er bewegt seinen Kopf, scheint sich umzusehen und mit einem Mal ist mir, als sähe er genau in meine Richtung. „Erst neulich hat mir jemand gesagt, dass das einer der besten Songs aller Zeiten ist. Und ich denke, sie hat recht.“ Mein Herz setzt einen Schlag aus. Sam räuspert sich und es erfüllt den ganzen Platz. „Es ist ein Song für die Träumer. Auch oder gerade für die, die sich nicht mehr erlauben, Träume zu haben.“

Innerhalb von Sekunden stehen mir Tränen in den Augen, weil ich schon vor dem ersten Akkord weiß, welchen Song er gleich singen wird.

„Hier ist *Dream On* von *Aerosmith*“, raunt er ins Mikrofon und das Lied beginnt.

Ich kann nicht fassen, wie unglaublich seine Stimme klingt. Sam singt klar und klagend und rau. Da ist so viel Melancholie in den Lyrics, mehr als ich je aus irgendeiner Aufnahme des Lieds heraushören konnte. Sam singt die Zeilen, als kämen sie direkt aus seinem Herzen, aus seinem ganz eigenen Schmerz, aber auch aus seiner Hoffnung. Ich kann mir nicht vorstellen, was es ihn an Überwindung gekostet hat, hier und heute wieder dort oben zu stehen. Wie es sich für ihn anfühlen muss, wieder Musik zu machen, anstatt ihr nur zu lauschen.

Ich spüre, wie er mit seinem Gesang und seinem Spiel das Publikum bewegt. Obwohl es noch nicht annähernd dunkel genug dafür ist, schweben Feuerzeuge und Handy-Taschenlampen über den Köpfen. Die Menschen stimmen mit ein, als er das *Dream On* des Refrains immer verzweifelter ins Mikrofon schreit. Es ist wie ein Ruf nach Freiheit. Einer, der tief in meine Seele dringt.

Ein dicker Kloß bildet sich in meinem Hals und ich schlage mir eine Hand vor den Mund.

Ein Song für die Träumer, hat er gesagt. Und ich weiß, ich weiß einfach, er hat sich und mich gemeint.

Mein Herz zerspringt fast in meiner Brust. Es ist nicht länger eine Schwärmerei. Nicht länger ein Verlangen. Ich bin verliebt in diesen Mann.

Costas beendet den Song mit einem Schlag aufs Becken und für einen Moment legt sich andächtige Stille über den Platz.

Dann tosender Applaus.

Sams leises Lachen, ein Geräusch, das mir so vertraut geworden ist, aber über die Lautsprecher auf dem Gelände so ganz anders klingt, regnet auf mich herab.

„Danke", spricht er mit belegter Stimme ins Mikro. „Danke euch."

Ich drücke eine flache Hand auf meine sich hektisch hebende und senkende Brust. Er ist gerührt. Ich höre es. Ich spüre es.

„Leute, ihr seid Wahnsinn", lobt er das Publikum. „Und ich fühle mich ein bisschen dreist dabei, euch jetzt schon um so einen Gefallen zu bitten, aber ..." Er schnieft. „Wie gut könnt ihr fangen?"

Gelächter erklingt aus den ersten Reihen.

„Denn da hinten steht die Frau, der ich diesen Auftritt heute widme." Er streckt eine Hand in meine Richtung. „Und ich bin zerbrechlicher, als ich aussehe."

Die Meute scheint ihm irgendeine Art von Zustimmung gegeben zu haben, denn im nächsten Moment streift Sam sein Instrument ab und drückt es Paul in die Hand.

„Pass drauf auf, Alter", hört man ihn den Sänger anweisen. Dann nimmt er Anlauf ...

Und springt von der Bühne.

Ich weiß nicht, ob ich schon jemals echtes Stage Diving beobachtet habe. Ich dachte eigentlich, das klappt nur in Filmen. Doch Sam wird von den Menschen aufgefangen. Erhobene Hände tragen ihn bis etwa zur Mitte des Zuschauerraums. Er versinkt und verschwindet kurz aus meinem Sichtfeld, bevor sich die Menschenmenge vor mir in zwei Hälften teilt.

Ich sehe ihn auf mich zukommen und eine Art Schock zuckt durch meinen Körper. Einen ganz kurzen Moment, weiß ich nicht, wohin ich rennen soll. Auf ihn zu oder von ihm weg?

Ich entscheide mich für Ersteres.

Ich lasse die verdammte Fanta fallen und stürme auf ihn zu. Ich pralle gegen seine warme Brust und schlinge meine Arme um seinen Hals.

Er beugt sich zu mir herunter. „Hey, Hannelore", flüstert er in mein Ohr und drückt mich fest an seinen Körper. „Hat dir der Song gefallen?"

Ich lehne mich zurück, um ihn anzusehen. „Gefallen?", frage ich ihn und spüre, wie mir dabei die Tränen übers Gesicht rinnen. Schnell wische ich sie fort. „Ich schwöre, Samson, wenn du mich jetzt nicht küsst, singe ich dir gleich ein Ständchen. Und das wird dir gar nicht gefallen!"

Seine Lippen verziehen sich zu einem schiefen Grinsen. „Küssen? Vor den ganzen Leuten?"

„Traust du dich nicht?", necke ich ihn. „Was für ein Rockstar bist du eigentlich?"

Herausforderung glänzt in seinen Augen. Oder vielleicht klebt da auch noch ein kleiner Rest goldener Glitter zwischen seinen Wimpern.

„Ich bin die Art Rockstar", sagt er und umfasst mein Gesicht mit beiden Händen, „die sich jetzt nicht mehr zweimal bitten lässt."

Er senkt seine Lippen auf meine, berührt mich innig und liebevoll, als würden uns nicht hunderte Augenpaare dabei zusehen. Ich lasse mich ganz und gar in unseren Kuss fallen.

Er schmeckt nach Limonade und nach salzigen Glückstränen.

Und ein bisschen auch nach neuen Träumen.

Epilog – Im Glanz des Neuen

Im Sommer.

Ich wähle die Nummer, noch ehe ich im Treppenhaus des großen Bürogebäudes bin. Sam hebt beim ersten Klingeln ab.

„Hey!" Seine fröhliche Begrüßung vermischt sich mit Geräuschen im Hintergrund. Ich höre laute Gitarrenriffs und Rufe nach mehr Vocal oder mehr Bass. „Sorry, der Soundcheck ist ziemlich laut. Ich gehe kurz nach hinten." Ich höre seinen Atem, ein paar gemurmelte Worte, als er anderen Menschen begegnet, dann wird es endlich ruhiger.

Ich muss mir auf die Zunge beißen, um meine Freude im Zaum zu halten. Meine Füße würden am liebsten ohne mich die Stufen hinab hüpfen.

„Okay", beginnt er von Neuem. „Erzähl, wie war's?"

„Mega!", rufe ich aus und es hallt durch das Treppenhaus. „Es war super im Studio!"

„Ja?" Ich kann sein Grinsen regelrecht durch die Leitung hören. „Klasse! Ich wusste, du kannst das! Hanni, ich bin so stolz auf dich."

„Danke." Ich spüre, wie mein Lächeln immer breiter wird. „Ich habe jede Minute geliebt. Ich wünschte, ich könnte das jeden Tag machen."

Er lacht. „Wart nur ab, wenn das Hörbuch einschlägt, werden sie sich um dich reißen."

„Wer?" Ich gluckse. „Die Autorinnen oder die Verlage?"

„Alle!" Sams Stimme nimmt einen euphorischen Tonfall an. „Die Autorinnen, die Verlage, die Radiosender, die Telefonsex-Hotline ..."

„Shhh!" Ich weiße ihn zurecht, als könnte jemand seine Anzüglichkeit hören. „Ich habe gerade ein Kinderbuch eingesprochen. Mit solchen Gerüchten ruinierst du meinen Ruf!"

Er lacht. „Was soll ich sagen? Ich bin Musiker, ich finde deinen Klang sexy."

Ich erröte und vergewissere mich, dass außer mir niemand sonst im Gang des Gebäudes ist. „Du hörst dich auch ziemlich heiß an", flüstere ich zurück und versuche, dabei möglichst verwegen zu klingen.

„Ach ja?" Seine Worte sind samtig und ich kann mir lebhaft vorstellen, wie seine grauen Augen dabei funkeln, wie er sich durch sein dunkles Haar fährt ... Ich vermisse ihn so sehr.

Seit unserem Kuss beim Tanz in den Mai sind Sam und ich ein Paar. Jetzt ist August und hinter uns liegen drei Monate, in denen wir uns nicht annähernd oft genug gesehen haben. *Sorry Sam* ist auf Tour in drei Bundesländern. Gerade sind sie bei einem Festival irgendwo im nördlichen Bayern, wo sich die Fans klassischer Motorräder, amerikanischer Muscle Cars und Rockmusik treffen. Ich wäre ihm zu gern am Wochenende nachgereist, aber dann hat sich diese unglaubliche Chance ergeben, ein Kinderbuch einzusprechen.

Ich kann es noch immer nicht glauben.

Ich habe gerade ein Buch eingesprochen!

Eine Selfpublisherin hat jemanden gesucht, der ihrer Geschichte die Stimme leiht, und Sam hat mich bei einem befreundeten Tontechniker, den er noch aus seiner Ausbildung zum Veranstaltungstechniker kennt, ins Gespräch gebracht. Jetzt wird das Abenteuer einer kleinen Maus, die mit dem Zug quer durch Europa reist, von mir erzählt.

Von mir!

Unfassbar!

Und das alles verdanke ich diesem Typen, der – aus welchem Grund auch immer – beinahe mehr an meine Träume glaubt als ich selbst. So sehr, dass er mich sogar mit einer Gesangs- und Sprechlehrerin bekannt gemacht hat.

„Ich wünschte, du wärst jetzt hier", seufze ich in mein Handy. „Ich habe das Gefühl, ich möchte das mit jemandem feiern."

Es ist wirklich schade, dass ich niemand habe, dem ich jetzt um den Hals fallen oder mit dem ich zumindest ein Glas Sekt auf diesen ersten Job als Hörbuchsprecherin trinken kann. Gina, die nun fest mit Paul liiert ist, hat schon vorgestern unsere WG und die Stadt verlassen, um bei der Band zu sein.

„Hmmm ..." Sam räuspert sich. „Wie würdest du dazu stehen, das mit ein paar *mehr* Leuten zu feiern?"

Ich erreiche den vorletzten Treppenabsatz. „Wie meinst du das?", frage ich mit gerunzelter Stirn.

„Ich meine, du könntest herkommen", erwidert Sam.

Ich verdrehe die Augen. „Du weißt doch, dass Gina meine einzige Mitfahrgelegenheit war. Und mit der Bahn komme ich nicht hin. Euer Gig findet mitten im Nirgendwo statt."

„Ich weiß, aber ..." Er spricht mit dem Tonfall von jemandem, der ein Ass im Ärmel hat. „Ich habe heute zufällig erfahren, dass Costas' Frau die Kids bei den Großeltern parkt und heute von Buchingen hierherfährt. Wenn du in einer Stunde deine Tasche gepackt hast, nimmt sie dich mit."

Ich bin gerade dabei, die Tür des Haupteingangs aufzudrücken, als ich mitten in der Bewegung gefriere. „Im Ernst?"

Mein Herz klopft. Ich könnte Sam sehen und mit ihm und Gina und der Band feiern!

„Ja! Ja, ich komme!", rufe ich lauter, als es nötig wäre in den Hörer.

Sam lacht ein tiefes, kehliges Lachen. „Okay, dann gebe ich ihr Bescheid." Er pausiert kurz, als würde er überlegen, was er als Nächstes sagen soll. „Ich ... Ich kann's echt kaum erwarten, dass du hier bist. Ich freue mich auf dich, Hannelore."

Ja, er zieht mich immer noch mit meinem Vornamen auf. Aber mittlerweile hat mein verhasster, altbackener Name einen schöneren Klang in meinen Ohren angenommen. Nur Menschen, die ich liebe, nennen mich so. Meine Eltern, mein Bruder, und nun auch ...

„Samson." Ich lasse mir seinen Namen auf der Zunge zergehen, während ich hinaus in die strahlende Sonne trete. „Wenn ich erst mal da bin, wirst du mich so schnell nicht mehr los", sage ich und blinzele gegen das helle Licht.

„Das hoffe ich doch", raunt Sam ins Telefon. „Ich will dich nämlich behalten."

Ende.

Lust auf eine Sommerliebe ...

Das Azurblau deiner Worte
von Jennifer Pfalzgraf

*»So authentisch,
dass man die Sonne Nizzas
ebenso spürt wie die
Schmetterlinge im Bauch
und das Basilikumeis auf der
Zunge.«*

(Justine Pust, Autorin
der "Belmont Bay"-Reihe
beim Knaur Verlag)

Nizza, an einem heißen Sommertag:
Lavinia hat gerade ihren Job und ihren Freund verloren.
Luca verbringt noch eine Woche alleine in der
Mittelmeer-Metropole, bevor er nach Italien zurückfliegt.

In einer schicksalhaften Nacht treffen die beiden aufeinander –
und mit ihnen zwei sehr unterschiedliche Sichtweisen
auf das Leben und die Liebe.
Denn hinter der kühlen Fassade hat auch Luca mit sich
zu kämpfen: Er möchte sein Jura-Studium abbrechen, um Parfümeur zu
werden – und das trotz seines dominanten Vaters.
An der wunderschönen französischen Riviera kommen sich die beiden
langsam näher – doch Lucas bevorstehende Abreise nach Italien stellt
die aufkeimenden Gefühle auf eine harte Probe...

*Sonne, französische Leichtigkeit und ein Hauch Melancholie.
Diese Slowburn-Liebesgeschichte wird dein Herz höher schlagen lassen!*

ISBN: 9783754687208

... oder auf eine Winter-Romanze?

Die Wärme, die wir teilen
von Phillippa Penn

»Eine Empfehlung für alle, die wieder mehr lesen wollen, obwohl es keine Zeit gibt. Für alle, die das Herzklopfen spüren und auch einmal schallend lachen wollen.«

(Leserstimme)

Es ist nicht der Traum. Aber es ist schon in Ordnung.
Seit der Druck in ihrem früheren Job zu groß wurde,
hält sich die 25-jährige Luzia als Putzfrau über Wasser.
Mit ihrer ehrgeizigen Mutter liegt sie im Streit und
von ihren Freundinnen hört sie nichts mehr,
also stellt sie sich auf ein einsames Weihnachten ein.
Dann begegnet ihr Phil.
Er führt pflichtbewusst den Stand seiner Familie
auf dem Weihnachtsmarkt weiter, obwohl ihn das Schaustellerleben
so gar nicht in Festtagslaune bringt.
In einer verschneiten Dezembernacht funkt es zwischen Luzia und Phil.
Sie spüren, dass sie einander etwas geben können, das ihnen gerade
schmerzlich fehlt. Doch reichen ihre Gefühle aus, um warm durch den
Winter zu kommen?

Schneegestöber, Glühwein und große Gefühle.
Eine Wohlfühllektüre - nicht nur für die Weihnachtszeit

ISBN: 9783756827978

Danksagung

Es ist so viel einfacher, sein Licht unter den Scheffel zu stellen, als es ein wenig in die Welt strahlen zu lassen. Denn sobald etwas leuchtet, erregt es Aufmerksamkeit – und die ist nicht immer gnädig oder freundlich. Vor allem Menschen, die kreativ tätig werden, erfahren schnell, wie flammende Begeisterung für die eigene Arbeit erstickt werden kann. Es ist deshalb besonders wichtig, weiter für seine Sache zu brennen. Und es ist wichtig, dass andere mit einem dieses Feuer schüren.

Für die tatkräftige Unterstützung der Menschen, die mit mir an „Das Licht, in dem wir glänzen" gearbeitet haben, bin ich deshalb besonders dankbar.

Torsten designt seit meiner ersten Veröffentlichung die Umschläge meiner Bücher. Meine Geschichten würden neben all den anderen strahlenden Neuerscheinungen verglühen, wenn du ihnen nicht deinen Glanz verleihen würdest. Danke schön!

Marcel hat mich nun schon zum dritten Mal in meinem Schreibprozess begleitet. Ein Manuskript ist wie eine Lichterkette, in der hier und da ein paar Lämpchen kaputt oder nur noch müde am Flimmern sind. Ein Lektor wie du findet jedes noch so kleine Licht und bringt es wieder zum Leuchten. Ich danke dir!

Kolleginnen erhellen die manchmal schummrigen Stunden am Schreibtisch. Melissa und Daria, dank denen mir so manches Licht aufgegangen ist, sind deswegen aus meinem Autorinnenalltag nicht mehr wegzudenken. Danke, ihr beiden, für die schöne Zeit im Co-Working!

Wenn man ab und zu das Gefühl hat, dass das eigene Licht schwächer wird, ist es ein großes Glück, einen Partner zu haben, bei dem man seine Akkus wieder aufladen kann. Markus, du lässt immer wieder den Funken überspringen und dafür liebe ich dich.

Ich freue mich auch, eine Familie und einen Freundeskreis zu haben, in dem meine Geschichten leuchten können. Danke an jeden von euch, der oder die jetzt dieses Buch in den Händen hält.

Mein Dank geht auch an die, die mich unbekannterweise seit Jahren unterstützen. Die Leserinnen und Leser, Bloggerinnen und Blogger, Namen und Gesichter, die ich oftmals nur aus Apps wie Instagram kenne, und die dennoch Feuer und Flamme für meine Bücher sind. Es bedeutet mir die Welt, dass ihr mich unterstützt. Das Buch-Universum ist so weit und manchmal so finster, dass ich gar nicht fassen kann, dass ihr mein kleines Licht darin gefunden habt. Dass ihr meine Geschichten lest, weiterempfehlt und Sterne an sie vergebt, ist so wertvoll. Vielen lieben Dank!

PHILLIPPA
PENN

www.phillippapenn.de
instagram.com/phillippapenn